爆肝工程師的異世界狂想曲

8

愛七ひろ

Death Marching to the Parallel World Rhapsody

Presented by Hiro Ainana

Kadokawa Fantastic Novels

插畫／shri

CONTENTS

Death Marching to the Parallel World Rhapsody

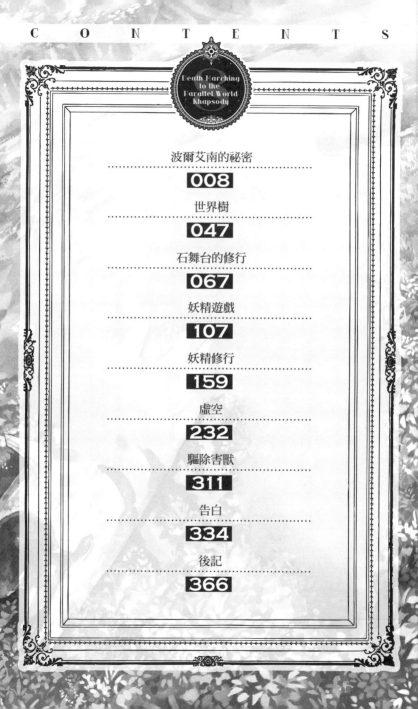

波爾艾南的祕密

「我是佐藤。當工作告一段落之後整個人總會放鬆，但這時往往就會接獲障礙的報告。話雖如此，什麼都沒發生卻反而會讓人害怕是不是潛伏有重大問題。」

「佐藤。」

精靈蜜雅從眾多精靈圍成的人牆另一端呼喚我。

這裡是位於希嘉王國東南方的廣大波爾艾南之森——

離開了與勇者一行人結為知己後的公都，我們在旅程中途經的普塔鎮上被捲入了某場騷動，並順手解救了身陷危機的白虎公主。

在因這件事情而成為朋友的黑龍赫伊隆幫助之下，我們越過陡峭的山脈，就這樣抵達了蜜雅的故鄉波爾艾南之森。

來到森林的廣場後，包括蜜雅的父母在內，許多的精靈和羽妖精都陸陸續續前來迎接我們。

——如此回想著最近發生的事情之際，蜜雅牽著一對中學生年紀的少年少女走了過來。

她那淡青綠色的雙馬尾頭髮在微尖的耳朵周圍躍動著。

「父母。」

兩人看起來比蜜雅大了一到兩歲，但實際年齡卻遠遠大得多。

不愧是蜜雅的父母，長相和她十分相似。精靈好像每個人都是綠色的頭髮。

他們似乎都穿著精靈的民族服飾，身上是象徵綠色葉子的長版上衣，頭戴綠色的三角帽。鞋子則是褐色的布料材質。

簡直像是繪本裡出現的妖精。

「我是蜜薩娜莉雅的父親，烏拉穆夫亞和拉蕾伊蕾雅之子，拉米薩伍亞。希嘉王國的佐藤，我要感謝你。」

「我是蜜薩娜莉雅的母親，托拉札尤亞和賽莉娜莉雅之子，莉莉娜多雅。」

——托拉札尤亞？

蜜雅的母親居然是製作「搖籃」的托拉札尤亞先生的女兒嗎？

之後得把他的手記還給對方才行。

「希嘉王國的佐藤，我們要向你獻上最大的感謝之意。」

說完了感謝之言，兩人又依序將手掌貼在額頭及胸前處行禮。

這大概就是精靈表示感謝的動作吧。

「能將蜜薩娜莉雅小姐送回兩位的身邊——」

「姆，蜜雅。」

在我回答她的父母時，蜜雅很不悅地這麼訂正道。

看來她似乎不喜歡這種疏遠的稱呼。

我重新修正為「蜜雅」之後，蜜雅才開始將同伴們介紹給父母。

「莉薩，槍之名手。」

被蜜雅稱為槍之名手的橙鱗族莉薩，朱紅色的頭髮下方染紅了臉頰。

覆蓋橙色鱗片的尾巴反映了內心的喜悅，有些得意地擺動著。

「小玉，可愛。」

白髮貓耳貓尾的小玉發出「嘿嘿～」的笑聲後，用粉紅色的斗篷蓋住了臉。

看來就連個性我行我素的小玉，被人誇獎之後也會覺得害羞。

「波奇，活潑。」

褐色鮑伯頭髮型犬耳犬尾的波奇則是擺出「咻比」的姿勢，面帶得意的表情。

或許是受人注目覺得很開心，波奇的尾巴不斷搖來搖去。

「娜娜，很大。」

蜜雅摸著自己單薄的胸部一邊這麼告知。

將金髮綁成雙馬尾的娜娜，面無表情地用雙手將自己豐滿的雙丘向上推擠玩耍著。

蜜雅父親見狀發出「哦哦哦！」的讚嘆，隨即被蜜雅母親敲了後腦袋。看來他是個巨乳愛好者，應該跟我的個性很合得來。

另外，看似人族成熟女性的娜娜其實是個零歲的魔造人，所以剛才的行為不存在任何誘惑的意圖。

「亞里沙，很厲害。」

以金色假髮掩飾被視為不吉利的紫色頭髮，亞里沙從口中唸出「厲害？」二字，大大的眼睛裡充滿了不解。

這句話不知是針對她以前日本人轉生者的身分進行各式各樣的文化危害這一點，抑或是和蜜雅一起研究魔法一事。實在讓人難以判斷。

「露露，很會做菜。」

黑頭髮黑眼睛且擁有日本人臉孔的露露端莊地行了一禮。

烏亮的長直髮隨之搖曳，「傾城」二字也不足以形容的美貌發揮出魅惑的效果。

中學生年紀的她以戀愛對象來說雖然太過年幼，但依舊美麗得讓我不禁看呆。

對於在這個世界的人族當中不知為何被視為醜陋的露露，精靈們似乎並未感覺到任何美醜的區別。善哉，善哉——

「佐藤，很漂亮。」

蜜雅的發言讓我一頭霧水。

倘若用來形容露露還另當別論，但我在這個世界從來沒有被亞里沙以外的人稱讚過容貌。

儘管並未被當成醜男，不過從二十九歲恢復年輕至十五歲的這具身體，容貌應該很容易被埋沒在周遭人當中才對。

蜜雅的父母和周圍的精靈們也納悶地反問：「漂亮？」乍聽和我對自己的評語相當一致

——

『漂亮。』

『嗯，很漂亮。』

『就是說啊——』

坐在蜜雅的肩膀和頭上，擁有銀色眼眸的羽妖精們卻似乎和蜜雅持相同意見。

原本傾頭思考的蜜雅母親，這時將眼睛顏色從碧綠轉為銀色打量著我。

「真的，是真的哦！的確很漂亮，非常漂亮哦！像這樣的精靈數量和種類，實在太多了！而且雖然不明顯，卻帶有美麗的虹色精靈光。我還是第一次見到哦！」

蜜雅母親的說話方式，像極了喝醉酒或激動時的蜜雅。

「一定是受到了精靈的喜愛呢。」

「除源泉和地脈以外的場所，竟然會聚集了這麼多精靈。」

「真是稀奇呢。簡直就像在雅潔大人身邊一樣。」

像這樣子誇獎我漂亮的人，全員都擁有名為「精靈視」的技能。

據他們所言，我的周遭聚集了許多精靈，同時散發出「精靈光」這種精靈喜愛的氣息。所謂的美麗似乎就是專指這一點了。

之後聽蜜雅的解釋，原來她以前之所以能找到我在什麼地方，都是仰賴著聚集在我身邊的大批精靈作為醒目的標記。

說到這個，第一次見面的時候也被她問到了我是不是「精靈使」呢。

在蜜雅的父母帶領下，我們使用「妖精之環」進行轉移，從最初與精靈們面對面的廣場移動到了他們居住的場所。

這在精靈之村裡似乎是一般移動手段，用不著再親吻樹精了。

根據地圖顯示，這片廣大的森林約有歐尤果克公爵領的四、五倍面積，但透過轉移瞬間就能從森林外圍移動至中央附近。

轉移出口就在森林中一處略高的山丘上，從那裡可見到山脈般的世界樹根部以及生長於周圍的山樹樹林。

——壯觀，真是太壯觀了。

我仰望著挾帶壓倒性存在感聳立在眼前的世界樹。

籠罩世界樹的雲，就像是堆積在樹枝上的白雪一樣。

世界樹直到高於雲層有兩倍高度的地方還像普通樹木那樣延伸出枝葉，但再上去就只剩下粗大的樹幹筆直地延伸至天空的彼端。

如山一般高的山樹，在世界樹的周圍看起來就像是灌木小樹。

真是的……這種異常的規模感實在會讓人懷疑起自己的眼睛。

「佐藤。」

蜜雅牽著世界樹看得入迷的我走向山丘前方。

「樹上村。」

她的纖手所指的方向有座圍繞著泉水的廣場，精靈們的住處似乎就在以其為中心生長的巨木上。

從樹幹中途生長出來看似香菇傘部屋頂的房子，與其他的房子之間靠著吊橋般的東西連接著。那種香菇傘部狀屋頂的房子，在ＡＲ中顯示為樹屋。

實在是很有精靈風格的奇幻式住家。真是太美妙了。

「「「蜜雅！」」」

「「「歡迎回來！」」」

我轉頭望向聲音的來源，只見樹屋的窗戶和吊橋上都擠滿了精靈，正在朝著蜜雅揮手，唱出歡迎歸來的歌曲以及演奏音樂。

確認地圖後，除了這裡之外，我發現世界樹樹根所蔓延的半地下區域還另有精靈的居住區。

不知他們是如何區分用途的，逗留期間還是來請教一下好了。

『階梯。』

蜜雅父親在山丘邊緣的石壇上用精靈語這麼告知後，發光的板子便陸續在毫無支撐物的空中製作出了階梯。

「亮晶晶～？」

「光都聚集成階梯了喲！」

小玉和波奇見此光景後十分激動，一副很想衝上階梯的模樣向我望來。

雖然很想放行，但階梯沒有扶手，我於是決定讓她們牽著我的手一起上去。

一踏上階梯，就演奏出「叮咚、叮咚咚」的聲音。

看來階梯似乎成了一種樂器。這讓我想起京都旅行時去過的鶯聲走廊。

「哦～非常有趣的階梯呢。」

「是啊，很有蜜雅故鄉的風格吧？」

聽了亞里沙的感想，露露愉快地點頭附和。

不久，階梯來到建有樹屋的樹上，從那裡變成螺旋狀攀上樹幹的藤蔓和木階梯。

「主……主人，請注意！階梯在動。」

見到像電扶梯一樣動起來的階梯，莉薩在慌亂之餘仍對我發出警告。

「居然是木製的電扶梯，挺新潮的呢。」

亞里沙面帶從容的表情，其他孩子們卻是戰戰兢兢地逐一跳至電扶梯上。

在協助大家的同時，我一邊打量著有這種樹屋的其他樹木。

除了符合樹木體積的樹枝外，樹幹上還長有僅數公尺的短樹枝。這種短樹枝上面雜亂地長著許多種類的果實。

「主人，發現前方有和『搖籃』同種類的果實——這麼報告道。」

娜娜指向長有西洋梨和葡萄的樹枝。

在當初救出蜜雅的「托拉札尤亞的搖籃」中，記得也有像這樣一根樹枝長有兩種以上果實的樹木。

「看起來好吃～？」

「味道很香喲。」

「肯定。挑選。」

聽了小玉和波奇的低語，蜜雅父親便點頭同意讓兩人挑選想吃的果實。

指示相當簡短，這兩人似乎卻立刻聽明白了。

手中拿著水果的小玉和波奇轉頭望向我。大概是在等待許可，我向兩人點頭後，她們立刻開心地開始享用。

「Delicious～？」

「清脆多汁喲。」

小玉選擇葡萄，波奇似乎選了西洋梨。

「橘子。」

蜜雅將長在其中一根樹枝上的橘子遞給亞里沙和露露。

「好吃。」

「這就是據說要在暖桌裡食用的夢幻果實——橘子對吧。」

露露表現出誇張的驚訝態度，亞里沙則是慢慢剝開橘子，張大嘴巴放入一片之後滿足地咀嚼著。

「這種葡萄每一粒都很飽滿呢。」

「同意，很美味——」這麼報告道。」

莉薩和娜娜也吃著蜜雅母親遞來像巨峰品種的葡萄。

莫非大家都肚子餓了嗎？

抵達樹屋的露臺時，發生了大家因為不熟悉電扶梯而下不來的事件，結果由我將所有人都抱下來才解決。

「這麼麻煩主人，實在非常抱歉。」

「莉薩，妳不用在意哦。」

我向不好意思的莉薩回以微笑，然後讓蜜雅牽著手進入屋內。

不同於從石壇上仰望的印象，裡面似乎相當寬廣。

明明是屋內，地板卻覆蓋著草皮一般的東西，牆壁和天花板的藤蔓上開著花朵，長出了散發清新芳香的柑橘系果實。

這裡的草地就像高級地毯一樣軟綿綿的。

『蜜雅！』

『妳回來了，蜜雅！』

剛才未在廣場上迎接的精靈們陸續現身慶祝與蜜雅的重逢。

在心中朝著被眾人擠來擠去的蜜雅加油打氣後，我們和蜜雅的父母一起走向房間的中央。

『桌子。』

來到大房間中央的蜜雅父親這麼唸道，草地中間猛然隆起了殘株一般的桌子。

緊接著，蜜雅父親說出『椅子』這個字，藤蔓就從草地空隙間升起並變成椅子。

蜜雅父親彈一下手指，羽妖精們便帶來符合人數的高腳杯將其擺放在桌上。

事到如今我才發現，羽妖精好像分成了擁有蜻蜓翅膀及蝴蝶翅膀這兩種。

蜜雅父親再次彈響手指，這次則是從上方降下豬籠草般的植物，在桌上的高腳杯注入甘甜芳香的透明液體。

看起來很好喝，不過這可是豬籠草的汁液。

——喝下去沒問題嗎？

「好喝～？」

「很好喝喲。」

不過，相較於心裡這麼打退堂鼓的我，小玉和波奇卻毫不猶豫地喝進嘴裡並出言稱讚。

是嗎，原來很好喝。

就在我們像這樣子被眼前展現的奇幻光景所吸引之際，似乎連帶放鬆了對於危險人物的監視。

小小的抗議聲讓我們察覺了這一點。

『放手。』

『喂，快放開。』

『救命，拉亞，救命啊。』

轉頭望去，被娜娜抓住的三名羽妖精正哭喪著臉向蜜雅父親求救。

娜娜的雙手各抓住一人，最後一人居然很無恥地被塞在娜娜的胸部處。

——趕快跟我交換吧。

蜜雅父親也只是盯著在娜娜乳溝裡不斷掙扎的羽妖精而不出手幫忙。

我不經意和蜜雅父親對上視線，然後彼此點頭。

——好痛。

亞里沙從後方敲了我的腦袋。至於羽妖精們好像已經被露露救出來了。

「真是的，你們這些胸部星人。」

「那是誤會。」

「嗯，誤會。」

我將目光從亞里沙和露露責備般的視線移開，望向被眾人擠來擠去的蜜雅。

每個精靈身材果然都很苗條，似乎不存在比較肥胖的精靈。無論是從部分或整體來看都是如此。

『真是的，我受夠啦。』

『麻煩死了。』

『這裡，待著好舒服。』

逃離娜娜的羽妖精們不知為何聚集到了我的頭頂和肩膀上。發言像個不良少年的那隻羽妖精還一邊拉扯我的頭髮。

由於滿痛的，我便用手包著那隻羽妖精放到桌子上。

面對發著牢騷的羽妖精們，波奇將餅乾掰給他們吃。

『噢！這個真好吃啊。』

『真的耶。』

『我還要。』

由於餅乾屑不斷掉落，稍後再用生活魔法來打掃吧。

或許是聽見這些羽妖精的稱讚聲，其他的羽妖精也陸續聚集而來。

『喂，給我好嗎？』

『能不能給我？』

「啊嗚啊嗚，等一下喲。已……已經沒了喲。」

羽妖精們是用精靈語說話，雙方明明無法溝通但對話卻成立了。

見到慌張的波奇固然很愉快，不過這時還是幫她一把好了。

我透過萬納背包取出一整籃的餅乾放在桌子上。

「來，請用——」

看準了我拿出來的籃子內所放的餅乾，羽妖精們歡欣鼓舞地發動突擊。

——哇啊！

或許是用力太猛，有人直接鑽進籃子被埋在整堆餅乾當中只露出雙腳，有的甚至抱著餅乾就這樣墜落在桌子的另一端。

和蜜雅一起走回來的精靈們似乎也對餅乾很感興趣，我於是又在桌子上擺出兩籃餅乾請大家吃。

「好吃。」

「嗯。」

「不錯呢。」

大部分人都像蜜雅那樣用單一詞彙表達稱讚，但其中也有人像蜜雅母親一樣說了一長串。可惜似乎是詞彙對話型的比較占優勢。

「唉呀，真美味。非常美味哦。對了對了，這是佐藤先生做的嗎？真的嗎？」

「很美味呢。無論多少都吃得下。」

「呵呵，說得也是。這並非蜂蜜，而是雪砂糖的甜味吧？」

諸如此類，幾乎所有的精靈都表現得很友好，不過好像不是所有人都這樣。

一名忽然在我面前伸出手來的精靈少年瞪著我：

「兩情相悅？」

——誰跟誰啊？

少年的發言讓我感到為難之際，蜜雅上前摟住我的脖子向少年炫耀。

蜜雅開口說了「當然！」二字，但這根本就毫無根據。

看樣子，少年似乎喜歡蜜雅。

儘管從剛才就稱呼對方為少年，不過其外表就跟蜜雅父親沒有兩樣，年齡也是比蜜雅大得多的兩百歲。

「哪裡好？」

「漂亮、溫柔、強大、愉快——」

面對少年的問題，蜜雅很有節奏感地逐一回答。

「——佐藤救出了被邪惡魔法使抓走的我。是他救出來的哦！這是非常了不起、非常值得驕傲的事情哦！就連赤盔和尤亞也辦不到哦。是真的哦？」

「同意。主人從崩塌的『搖籃』當中抱著我逃了出來——這麼補充道。」

聽完蜜雅一長串的傾訴，娜娜看似自豪地補充了一句。

蜜雅所說的赤盔是在「搖籃」事件中幫助蜜雅的鼠人族戰士，尤亞——尤薩拉托亞先生則是經營聖留市「萬事通屋」的店長。

至於娜娜大概是在說「搖籃」事件時打倒「不死王」賽恩後，我們從因自毀裝置而鹽化崩潰的大樹中逃出來一事吧。

被蜜雅的氣勢所震懾，少年最終丟下一句「不會輸！」就離開了。

「對不起，佐藤先生。請不要計較，格亞這孩子就像蜜雅的哥哥一樣，他們兩人可是情同兄妹一起長大的哦？」

由於精靈的容貌都很相似，我已經不太記得格亞長得什麼樣子了。

應該說，多虧那種蔬菜般的名字才讓我不至於完全忘記。（註：「格亞」發音為日語中的「苦瓜」。）

「格亞是個好孩子，真的哦？不過，把蜜雅管得太嚴了，有一點過度保護。只有一點點哦？」

剛才的格亞好像是把蜜雅的「未婚夫」發言當真，才會過來對我進行牽制。逗留期間得澄清這個誤會才行。

「這種像泡芙皮的麵包很好吃呢。」

「就類似在英國菜館吃到的約克夏布丁吧？」

宴會自然而然開始舉辦，所以我們也就不客氣地享用精靈們的美味料理。

除了剛好烤的約克夏布丁類料理在大塊殘株的桌面上堆得像小山一樣高，其周圍還擺放有烤牛肉、肉派、香腸、醃漬小魚、整條烤的大魚等等。

不光是肉類，莓果派、櫻桃派還有裝滿沙拉及切片水果的大盤子，甚至用是果凍製成的果凍塔也妝點在桌子上。

每一樣都是慶祝蜜雅歸來的精靈們所帶來的料理。

幼兒般身高的家庭妖精棕精靈們來回穿梭在精靈們之間匆忙供餐。

——嗯？怎麼回事？有種格格不入的感覺。

「黏黏軟軟的～」

「包著烤牛肉會很美味喲。」

「主人，請您也試著包這種照燒雞肉。」

獸娘們紛紛推薦我可以包在約克夏布丁類料理裡面的東西，我於是依序品嚐一遍。

「主人，這種派很美味——這麼告知道。」

派的碎屑堆在娜娜的胸部，所以我用跟小玉和波奇一樣的餐巾圍在她胸前。

胸部的曲線被遮住之後，部分愛好巨乳的精靈們對此大失所望。

「歡迎回來，蜜雅！我們採了妳喜歡吃的甜瓜哦。」

「妳還是一樣這麼小呢。」

「我們獵到了鴨子和鹿，要乖乖吃下去啊。」

在入口處露臉的高等級精靈們一手拿著弓出示了獵物。

——對了！是肉。

原本以為不吃肉的這些精靈，竟然製作出展現了各種技巧的肉類料理並且愉快地享用著。

他們看起來不像獸娘們那樣是肉類至上主義，但似乎也沒有人只吃素食。

就在我轉動目光之際——

「唉呀，蜜雅妳真是的！偏食是長不大的哦？會長不大的！來，不要逃避，趕快吃肉吧。要吃肉哦？」

「姆，不要。」

「快吃。」

被父母夾在中間的蜜雅遭到兩人一左一右勸說她吃肉。

看樣子，我對精靈不吃肉的認知似乎是錯誤的。

仔細回想，最初讓蜜雅吃肉時，她說了「精靈」和「肉」之後就用手指在嘴巴前打叉，所以我誤以為「精靈不能吃肉」。看來那是「精靈蜜雅討厭吃肉」的意思。

在那之後，亞里沙說了「精靈是不吃肉的」，蜜雅當時並沒有表示贊同。

——原來如此，只是不喜歡而已嗎。

既然並非過敏或是生活習慣上的禁忌，不如也設法讓蜜雅喜歡上吃肉吧。

看她覺得豆腐漢堡排很好吃，就從這方面下手好了。

「暫停。」

「沒關係哦。」

「姆，第十次。」

我回應了蜜雅父親的「暫停」要求後，一旁觀看的蜜雅便以輕蔑的目光抬頭望向父親。

我們正在用精靈們剛才宴會途中所拿來的將棋進行對戰，但不知為何卻是我連戰連勝。

這大概是因為超高的智力值讓我能清晰構思出接下來好幾十步的棋局，以及當初製作將棋遊戲ＡＰＰ時學習過經典棋步的經驗派上了用場吧。

更進一步來說，我製作將棋遊戲ＡＰＰ時接受擔任企劃一職的肥仔地獄般特訓的成果似乎仍未退步。年輕時據說還參加過獎勵會的肥仔實在是太強了。

因為有些作弊的嫌疑，於是我便無條件接受對方「暫停」的要求。

「佐藤先生，來點妖精葡萄酒如何？」

「謝謝您，我不客氣了。」

我接過蜜雅母親遞來的葡萄酒杯，透過眼睛和鼻子享受完紅寶石顏色的美麗液體後將其含入口中。

雖然是屬於輕盈酒體的葡萄酒，卻擁有至今從未喝過的美味。那奇妙的味道十分芳醇，就彷彿要融入舌頭一般。

沒有高度數酒類的那種刺鼻感，唯獨柔和的芳香刺激著鼻孔。

與龍泉酒的滋味不同，但真的很美味。

精靈們準備的起司和派固然也不錯，不過在公都獲得的列瑟烏伯爵領出產的起司似乎跟這種味道是絕配。

「唉呀，很棒的起司呢。」

「和葡萄酒很配哦。」

看來我的判斷很準確，就連精靈們也讚不絕口。

「下好了——姆。」

思考很久的蜜雅父親已經下好了棋，我於是迅速移動下一步棋。

「主人！發現了這種料理！」

「主人，這種軟綿綿的白色物體很美味——這麼報告道。」

拿著串燒豆腐般料理的露露和手持棉花糖模樣點心的娜娜，兩人一副激動的樣子將料理塞進我的嘴裡，然後又跑去尋找其他的料理了。

看來她們挺享受這場宴席的。

要餵我吃東西是無所謂，不過真希望動作能再溫柔一點。

「妳們吃過漢堡排，這是真的嗎！」

精靈們的另一端，正在肉類料理區奮戰中的獸娘們方向湧現出這樣的驚呼聲。

「Of course～？」

「當然喲！只要是漢堡排，波奇無論多少都吃得下喲！」

面對追問的精靈少女們，小玉和波奇擺出了「咻比」及「咻答」的姿勢這麼回答。

莉薩忙著咀嚼肉類料理，只是不斷點著頭而發不出聲音來。看來她好像十分喜愛帶骨的鳥腿肉。

不過，因為好吃就連同骨頭一起咬碎的話未免也太危險了。

「佐藤大人！您真的知道漢堡排的製作方法嗎？」

「是的，是真的。」

前頭的少女聽到我的回答之後欣喜地拍了一下手，一副要抱過來的樣子逼近道：「還請您務必傳授。」

在我點頭同意後，她甚至高興得摟住我的脖子不斷磨蹭臉頰。

「難道，您也知道怎麼製作蛋包飯和披薩嗎？」

「是……是的，我下次來製作好了。」

我對第二位少女的問題也做出肯定的回答。

第三位少女見狀後也滿懷期待地詢問：

「莫非，咖……咖哩飯也是嗎？」

「抱歉，那個就——」

「果……果然辦不到呢。畢竟傳授我們日本料理的勇者大作也說過，要重現咖哩是極為困難的一件事。」

對失望的第三位少女「砰」地拍一下肩膀，我說出我剛才準備說下去的內容。

「——我手邊沒有所需的香草和香料，不過倒是知道如何製作。」

我向猛然抬起臉來的精靈少女尋求協助。

「方便的話，可以幫忙我收集香料嗎？」

「是的，非常樂意！」

對於用嘹亮的聲音很有活力地點頭的少女，我回以微笑。

——找到幫手了。

這種從香料開始製作起的咖哩，其製作法就記載於我在黑街穆拉斯的地下拍賣會所獲得的筆記當中。

筆記中還記載了其他有用的知識，但比起其他東西，我更希望搶先重現咖哩和巧克力這兩種製作法。還有拉麵也是。

我和精靈廚師們約定好交換製作法一事，露露也加入其中熱烈談論著料理話題。

大約過了一個小時，和蜜雅父親的對奕也結束，我以旅途勞累為由拒絕了下一局的對戰。

走出露臺，我環視精靈之村已經完全暗下來的夜景。

除了此處以外的樹屋似乎也辦起了宴會，可以聽到熱鬧的音樂與笑聲。

下方的廣場似乎也有很多人燃起營火正在舉辦宴會。

「佐藤。」

「怎麼了，蜜雅。主賓離開宴席沒關係嗎？」

「嗯。」

我被蜜雅拉住手，在她的引導之下離開樹屋，通過下方廣場的宴會場地。

「我們要去哪裡？」

「前面。」

欣賞著精靈們融入自然中的居住地，我跟在蜜雅的後方走著。

走下長了青苔的木樓梯，那裡是個色彩繽紛的香菇呈圓圈狀分布生長的廣場。

從森林入口轉移至這個居住區時所使用的「妖精之環」在此設置了好幾個。

「這邊。」

我進入蜜雅對我招手的「妖精之環」當中。

「轉移。」

蜜雅的口令讓圍成兩圈的香菇圓環開始輪流閃動。

不知道會轉移到哪裡去，但既然是蜜雅，應該不會是壞事吧。

隨著光的閃動速度上升，地面噴出的光輝也跟著增強。當交互閃動結束後，轉移便發動了。

下一刻，我們從森林之中來到了一處眺望街景的開闊山丘上。

這裡的景色與彷彿和自然合為一體的樹屋之村徹底不同。從山丘呈放射狀等間隔延伸出去的道路井然有序，整齊地林立著平房民居。

令人不禁聯想起按照都市計畫建設的現代日本新市鎮。

倘若剛才的樹屋是精靈們的村子，那麼這裡又是哪裡？

我懷著這樣的疑惑不斷游移視線。

仰望上方，有一種被樹枝般物體所支撐的透明天蓋。其尺寸足以覆蓋整個城鎮。

不，不是樹枝。那是世界樹的根部。

察覺衣袖被拉扯之後我收回目光，只見蜜雅的眼神彷彿惡作劇成功的小孩子一般向上望來。

「真正的城鎮。」

蜜雅這麼輕聲唸道。

——真正的？

那麼地上的村子是冒牌貨嗎？

懷著這樣的疑問，我打開地圖確認現在位置。

看樣子，這裡就是我之前在地圖上發現的另一個精靈們的居住區。

「你們平常就住在這裡嗎？」

我向蜜雅這麼發問，但她只是回答了一聲：「嗯。」

蜜雅繼續拉著我的手，走向位於稍遠處看似路面電車月台的場所。

在那裡，飄浮著看似術理魔法「自走板」一般的板子。

板子本身是透明的，不過上面帶有顏色，所以應該和術理魔法有些不同。

在我們抵達月台後稍遲一些，有個乘坐板子的青年到站了。

外表是個少年，卻長有與年齡不符的鬍子。

看到他就讓我想起以前鬍子剛長出來時拚命要拉長一些的惡夢。

——即使不好看也無妨。

「歡迎回來，蜜雅。妳已經把人帶來了嗎？嗨，我是茲托雷伊亞。希望你能稱呼我為茲亞。我直到一百年前都還在人族的國家裡留學哦。」

這位青年很爽朗地與我交談。

據他所言，剛才我們所在的地方是為了展示給訪客而建造的所謂「典型」的精靈村子。

雖說是展示給訪客之用，但這並非懷有惡意的詐騙行為，純粹是用來歡迎客人並招待對方的場所。

似乎是大約四百年前，厭倦戰鬥後在此度過餘生的沙珈帝國勇者「大作」所主導建造而成的。

——原來如此。

相較於這裡的半地下現代都市，蓋有樹屋的地上村比較符合我們日本人印象中的精靈居住地。

對於喋喋不休的青年感到不滿的蜜雅拉扯我的手，所以我便和青年約好下次再見然後當場告辭。

「搭乘。」

蜜雅靈活地跳上飄浮在看似月台的場所的浮板。板子先是略微下沉，隨即恢復成原來的高度。

我在蜜雅的催促下也跳上位於旁邊的相同板子。接收了蜜雅告知類似地號（註：土地的編號）的號碼之後，板子便動了起來。

我所乘坐的板子明明未告知任何訊息，居然也開始跟隨在蜜雅的板子後方。

彷彿在引導著板子，路燈陸續亮起。那是看似日光燈一般的明亮街燈。

林立的房子每一間都是相同大小，兩百坪左右的用地內具備了將白色樹脂般的素材當作外牆使用的石板瓦屋頂。

這些房子與其說富有奇幻風格，實際上給人一種更接近現代建築的印象。

我很快就明白這是什麼原因造成的。

——是窗戶。

希嘉王國的房屋窗戶大多較小，都是為了換氣和採光而用木板製作的牆孔。

不過，這裡的房子卻使用了高透明度的大塊玻璃窗和玻璃門。

歐尤果克公爵領的豪宅裡也有使用歐克玻璃的窗戶，但不僅未普及到這種地步，大多也嵌死而無法開合。

這裡的玻璃窗則是嵌在有帶有軌道的窗框上，所以應該是像現代日本住家常見的那樣可以側拉開關。

區隔房子之間的並非金屬製圍牆，大多為樹籬和花壇。真要說的話，是花壇看起來比較占優勢。

——話說回來，沒有半個人在。

莫非大家都在樹上村參加宴會當中嗎？

我們乘坐的板子以時速二十公里左右的速度在道路上滑行一般飛翔。

道路與其說是瀝青材質，更像是硬地的網球場地那樣，以看似褐色細小珠子的小石子固化之後的素材製成。

我試著詢問蜜雅這是用什麼製造，她卻回答「不知道」。

剛才的茲亞看起來很博學多聞，下次見面的時候再來問問好了。

最後，板子緩緩停在一間房子前面。板子靜靜下降，就這樣彷彿被地板吸進去一樣消失了。

「佐藤。」

蜜雅觸碰入口處的門之後便傳來類似壓縮空氣洩出的聲音，門自動打開。

我被她牽著手走入室內，門立刻就在後方自動關上了。實在很有科幻風格。既然如此，乾脆做成像氣密室那樣的雙重閘門還更有趣。

走廊的天花板是透明的圓頂，可以看見位於城鎮天蓋另一端的月亮。

不過，或許是隔著兩道玻璃的緣故，月光顯得相當柔和。

我就這樣被蜜雅拉著手漫步在走廊上。

看來走廊處就沒有設置魔法機關了。

「這裡。」

這裡好像就是蜜雅的房間。

蜜雅不在的期間似乎有父母幫忙打掃，所以顯得一塵不染。

裡面有一張床和一張桌子。固定在床邊的架子上擺放著可愛版企鵝之類的布偶。

整體來說是粉色系的淡色調房間。沒有看似觀葉植物的東西。

該怎麼說，實在很像女中學生的房間。

「很可愛的房間呢。」

「嗯，我的最愛。」

我首先稱讚蜜雅的房間，使得她露出害羞的微笑。

──她只是為了展示自己的房間嗎？

「等一下。」

說畢，蜜雅走進了衣櫃般的更衣室裡。

關上更衣室的門之前她僅露出臉來，輕聲說了一句「不能偷看」就消失在其中。

──不用妳說，我也不會看的哦。

由於一聲不響就跑了出來，所以我施展「遠話」魔法以聯絡亞里沙。

『喂──這裡是亞里沙嚕～』

「──妳喝醉了嗎？」

『我沒喝醉嚕？』

「不收斂一點的話，我可不會給妳醒酒藥哦。」

『是是，完全了解嚕。』

聽完亞里沙明顯帶有醉意的這句話，我逕自解除了「遠話」魔法。

接下來換成向莉薩發動「遠話」，但對方沒有回應。好像是睡著了。

最後則是聯絡蜜雅母親，告知一下自己正在對方家中叨擾。

「佐藤。」

蜜雅從更衣室裡探出臉，然後看似下定決心一般跑進了房間。

是一身白色長袖女用襯衫搭配細小滾邊迷你裙的可愛服裝。

其中最具特色的——

「過膝襪。」

正如蜜雅自己所述，就是緊緊服貼著纖細雙腿的過膝襪。

我在這個世界是第一次見到。順帶一提，襪子是白色和水藍色相間的條紋圖案。

「很好看哦。」

我這麼稱讚後，靦腆的蜜雅整個人轉了一圈舞動起裙子。

蜜雅似乎很喜歡條紋圖案，就連低腰內褲也同樣是條紋款式。

「蜜雅，暫停一下好嗎？」

「嗯。」

見蜜雅點了點頭，我便用手指拉起服貼在蜜雅腿上的過膝襪以確認其彈性。彈性明明不是很強，這種神奇的纖維卻能緊貼著腿部。

「佐藤大色狼。」

我循著抗議的聲音抬起目光，只見蜜雅紅著臉頰嘟起了嘴唇。

——哦，這對女孩子好像有些不禮貌吧？

「抱歉抱歉，這種不可思議的纖維讓我覺得很好奇。」

「姆，不夠體貼。」

原來年幼的女孩子也會使用艱深的詞彙呢——不對，蜜雅比我年長了好幾倍。

我安撫蜜雅，就這樣陪她進行時裝秀直到過了午夜為止。

包括樹上村的精靈們所穿的精靈民族服飾、看似連衣裙的衣服，以及七分打底褲搭配較短裙子的裝扮等，變化比想像中更為豐富。

另外，原以為是精靈民族服飾的衣服，好像也是設計了樹上村這個精靈主題樂園的勇者大作所設計出來的。

我讓就這樣累得睡著的蜜雅躺在床上，自己也跟著睡在了她身邊。

蜜雅房間裡軟綿綿的床舖實在令人無法抗拒。

我陷入了爛泥一般沒有任何夢境的沉睡當中。

「禁止偷跑俯衝——————！」

這樣的吆喝聲及衝擊襲向了躺在床上的我。

可以聽見睡在一旁的蜜雅發出完全不像少女的「嗚哦」慘叫。

「亞里沙，不是說過別一大早就玩俯衝的嗎？」

我對亞里沙抗議的同時一邊確認地圖。

看樣子，亞里沙她們已經被蜜雅的父母帶來地下城鎮了。

「有什麼關係。這可不是像平常在玩耍，而是誅伐哦！」

亞里沙用雙手夾住我的臉，然後將自己的臉湊近。

她之所以使用「誅伐」這個冷門詞彙，大概是出自於某作品的典故吧。

從她並未宿醉來看，應該是從精靈們那裡獲得了醒酒藥。

不知為何，亞里沙沒有戴上金色假髮，暴露出了紫色的原本髮色。

「姆，很重。」

「這是對你們偷跑的懲罰。多品嘗一下蘿莉重壓的滋味吧。」

面對蜜雅的抗議，亞里沙依舊是氣呼呼。

「主人，外面好棒～？」

「可以在板子上滑行，門還會自己打開喲！」

這時，莉薩將一臉激動的小玉和波奇抱在手臂下方走了進來。

「亞里沙，這樣對主人太沒禮貌了哦。」

「啊，等一下，莉薩。我還在進行懲罰當中——」

放下小玉和波奇後，莉薩轉而幫我從床上排除了亞里沙。

「主人，地下的城鎮很厲害——這麼告知道。」

「地下竟然會存在這樣的城鎮，精靈們真是太了不起了呢。」

娜娜和露露兩人的聲調也比平時更為高亢。

看來大家見到地下的街景後都難掩心中的驚訝。

「的確很厲害哦。感覺像宇宙世紀的殖民地或地球統一政府的移民船那樣呢。」

比喻的方式聽不太懂，大概想說這是科幻風格吧。儘管因為我和蜜雅同床一事而失去理智，亞里沙似乎也對精靈的地下都市感到很吃驚。

「早安，佐藤先生。」

「蜜雅！」

將同伴們帶至地下城鎮的蜜雅父母這時從她們後方現身。

我也反過來向他們打招呼，但蜜雅父親卻看著和我同床的蜜雅出聲責難。

至於蜜雅母親和蜜雅的反應——

「唉呀呀，感情很好呢？天生的一對哦。」

「嗯，兩情相悅。」

兩人不理會激動的蜜雅父親，悠哉地進行著惹人誤會的對話。

「異種族，下一代不可能。」

「請冷靜一點，爸爸。」

「不是！」

「那麼，拉亞先生——」

我安撫著將矛頭指向這邊的蜜雅父親。

總覺得我就像個前來向女朋友父母徵求結婚許可的男人。

「——我們只是睡在一起而已哦。平常我總是跟這些孩子一起睡覺哦。」

「後宮？」

原本我想要強調其他孩子們也一樣所以並沒有特別的意思，但蜜雅父親好像做出過度解釋了。

我拚命向怒上心頭的他澄清誤會，對方卻始終聽不進我的話，一直到蜜雅母親出面幫腔之後才化解了誤會。

唔，與其說化解誤會，總覺得只是沐浴在蜜雅母親連珠砲一般的發言而不了了之。

蜜雅母親在喋喋不休一番後切入了正題。

——既然找我有事，請早點說好嗎。

「佐藤先生，稍後再透露你是怎麼跟蜜雅產生情愫的哦？我很期待呢。所以說，現在要請你去長老會一趟。他們正在找你哦？」

當然，我並沒有拒絕。畢竟或許還能見到傳聞中的高等精靈。

從其他精靈們的模樣來看，應該無法期待對方會擁有什麼魔鬼身材，不過既然是平時難得一見的對象，讓我實在有些盼望。

世界樹

「我是佐藤。剛進公司的菜鳥時代，我總是害怕跟地位高的人當面談話，但經過強人所難的客戶鍛鍊之後就漸漸變得趨於平常心了。環境果然會使人成長呢。」

「這邊。」

在蜜雅父親的催促下，我跳上了有腳燈照耀的活動步道。

這裡是波爾艾南之森的中央。我們正前往位於世界樹底部的長老議會的議事堂。

直到世界樹為止的路程都像從樹上村移動至地下城鎮那樣，透過「妖精之環」轉移過去。

蜜雅父親太過寡言所以無從得知詳情，但我想該區域大概只能利用轉移進入吧。

進入這個區域時我事先進行了「探索全地圖」，不過世界樹在一定高度以上的樓層及最下層都未顯示在地圖中。那裡好像是屬於不同的區塊了。

搞不好其中還存在著某種抵抗「探索全地圖」的系統。

從目前所知的範圍來看，這個世界樹區域深入了地下將近好幾公里。

雖然不記得地殼的厚度是多少，但應該算相當深了吧？

這還只是有建築物的區域，至於世界樹的根部則是扎得更深，橫向也延伸得比整個波爾艾南之森還要廣大。

昨天去過的蜜雅家裡，其所在處距離世界樹區域有十公里左右。

之所以覺得很近，大概是因為世界樹的異常龐大的體積而產生的錯覺吧。

「接著，跳。」

緊跟著用單一詞彙在前方帶路的蜜雅父親，我也鑽入用途不明的銀色圓環裡。

周圍的奶油色通道也是不明材質。據ＡＲ顯示為「特魯比特三型樹脂材質走廊」。特魯比特是什麼東西？

看起來明明很有現代風格，卻具備了森林浴一般的清涼氣味以及樹葉摩擦的悅耳音色。

前方傳來壓縮空氣洩出的聲音後，自動門打開了。

往左右開啟的門後方，還重疊有一道滑門，這次則是往上下開啟。

其後方為二十公尺左右的直線通道，盡頭處又有和剛才一樣構造的門。感覺就像潛水艇的水密艙壁一樣。

艙壁的另一端是個狹窄的長廊，其下方為異常寬廣的機庫。

「那是——」

「船外殼。」

對於我的喃喃自語，蜜雅父親這麼告知。

正如他所述，廣大的機庫內飄浮有無數類似勇者隼人的次元潛航船朱爾凡爾納，船首朝向天花板的銀色船體，

機庫深處還有雙體型的船和木製船體，其中甚至連帆船也一起飄浮著。

「那些全部都是飛空艇嗎？」

「不是，只有外殼。」

「不過，好像是浮在空中的樣子——」

「次元椿。」

記得「次元椿」應該是空間魔法當中用來將物體固定於空中的魔法。

他的意思恐怕是機庫內擺放的無數船體是利用「次元椿」來固定的吧。

……精靈們單一詞彙的會話實在很考驗推測能力。

話說回來，每一艘船都亮晶晶的很乾淨。

ＡＲ顯示告訴我，那是一種不會生鏽或劣化的機制。

「固定化？」

子。

「嗯，術理，保護。」

從蜜雅父親的話中推測，似乎是用術理魔法產生的仿物質為船體鍍膜以防止氧化的樣子。

我在公都的貴族豪宅裡看過的上級術理魔法書籍中也有這樣的記述。

雖然無法用於武器，卻可以在能夠供給某程度魔力的場所內維持「固定化」，所以據說會使用在領主的寶物庫等地方。

眺望船體之際，我見到技術人員打扮的精靈們正在船體之間找東西的身影。

「——托亞製作的虛空船真的存在嗎？」

「真是奇怪——絕對會有的才是。」

我試著搜尋地圖，發現她們所要找的「虛空船」好像不在這個區域內。

「吉雅，如果這裡沒有，就只能叫醒睡眠槽裡的尤雅了。」

「不行啊，絕對不能叫醒睡眠槽裡的人。」

位於下方的兩人開始爭論起來。

睡眠槽是什麼東西？

「佐藤，走了。」

被蜜雅父親拉扯衣袖，我才想起此行原本的目的。

穿過長廊離開機庫後，我們這次乘坐發光玻璃板一般的浮遊板登上斜坡。

另外還可以看見好幾個相同的通道，但除我們以外沒有其他人影。

這個世界樹區域裡應該有十倍於地上的數萬名精靈存在，不過除了剛才機庫內的兩人以外完全沒有遇到別人。

我瀏覽地圖，得知這個區域的精靈幾乎全都處於「睡眠」狀態。每個人似乎都在睡覺。大概是睡在剛才那兩人所說的睡眠槽吧。

不同於地上的精靈，這裡大多是一萬歲以上的高齡精靈。

儘管等級較高，但如此高的年齡之下卻好像沒有超過五十級的精靈。

我很想詢問蜜雅父親關於睡眠中的精靈是處於何種狀態，不過擔心很有可能會被反問一句「你怎麼知道」所以就不敢發問了。

除精靈以外，世界樹區域似乎還有八名高等精靈。

該不會就像奇幻類故事的老套設定那樣，高等精靈是精靈的王族之類的吧？

他們和其他精靈一樣大多數在睡覺，等級都分布在五十至七十級的範圍內。

搞不好這其中存在著某種無法提升等級的理由。

就在我這麼觀察世界樹區域的期間，目的地似乎已經到了。

剛才乘坐的浮遊板彷彿被吸入地面一般逐漸消失。

眼前有一道每邊長三公尺的八角形大門。到這裡的一路上都是樹脂材質走廊，但唯獨這裡是木紋風格。

連結八角形頂點的溝槽出現縫隙，如同以前的相機快門那樣旋轉一邊開啟。

構造像極了古典科幻作品中出現的太空船氣密室。

「佐藤。」

先一步前進至門後方的蜜雅父親這麼呼喚我。

糟糕，只顧著研究門的構造而太入迷了。我快步走向那裡。

門後是個可容納千人以上的寬廣議事堂。

看似天窗的地方射入柔和的光線，照亮了一路通往內部講壇的走道。

從這裡看不見，其實唯一醒著的高等精靈似乎就待在內部的休息室裡。

——說不定可以見到面。

懷著雀躍的心情，我跟蜜雅父親走向議事堂的講壇。

講壇背後高出一截的座位上坐著大約二十名長老議會的高層人士。

我被帶到彷彿被告席一般設置於講壇上的座位，和蜜雅父親並肩坐下。

「希嘉王國的佐藤。感謝你的協助。」

「希嘉王國的佐藤。我們不會忘記你從邪惡魔術士手中救出幼子的這份恩情。」

「希嘉王國的佐藤。我們希望報答你從遙遠之地帶回幼子一事。」

「希嘉王國的佐藤。歡迎——」

接著，每位長老都針對將蜜雅帶回一事向我道謝，然而開頭不知為何一定會加上「希嘉王國的佐藤」這句話。

這種說話的方式難道是規矩嗎？

或許是已經聽說我會講精靈語，他們也用精靈語交談。

這些長老看起來就跟蜜雅父親一樣年輕。

只不過，眼神就不同了。

該怎麼說？就彷彿年老烏龜的眼睛，與其說冷靜，更令人感到一種近乎無動於衷的寂靜。

被那種不動如山的安定眼神盯著，昏昏欲睡的感覺好像會隨之而來。

不愧是活了幾千年的人物，真想跟他們打好關係並詢問各種以前的故事。

不過，黑龍赫伊隆明明比這些精靈長老的年齡大得多，感覺起來卻是相當年輕。我實在很好奇，這究竟是種族或個人間的差異所致。

就在我心想是否要一直等到所有人都道謝完畢的時候，議事堂內部的帷幕忽然拉起，幾人坐在約有一個房間大小的發光飛行板上面飛了出來。

那塊板子上以我盼望已久的高等精靈為中心，四名精靈巫女彷彿在守護一般，站在四個方位。

這四名巫女並非身穿像公都的賽拉她們那種洋式巫女服，而是穿上了「和風」的服裝。巫女果然還是要白小袖配上緋袴才對。

只不過，那不是簡易的巫女服，是像跳神樂舞的巫女一樣頭戴黃金藝品的頭冠和手持鉾鈴，還穿有用銀線般的祕銀線刺繡而成的千早。

遺憾的是我還未能目睹高等精靈的模樣。

因為站在四個方位的巫女後方飄浮著竹簾。

那大概是某種魔法吧。

載有高等精靈等人的發光板子通過眾長老之間，在我面前停了下來。

「「「肅靜～」」」

巫女們手持的鉾鈴配合這個聲音叮噹鳴響。

事實上根本沒有人講話，但這麼吐槽的話也太破壞氣氛了吧。

「「「聖樹大人有話要說。」」」

高等精靈似乎被稱為聖樹大人的樣子。

本名好像叫雅伊艾莉潔，所以聖樹大人應該是職務的簡稱或者外號吧。根據ＡＲ顯示，其稱號為「無垢的少女」，職種是「世界樹：地之管理者」。

遮擋住她的竹簾滑順地開啟，雅伊艾莉潔小姐就此現身。

——好年幼。

位於竹簾另一端的是比亞里沙年紀更小，大約是學齡前的小女孩。

長相近似蜜雅但卻是銀色頭髮和紅眼睛，所以和那些綠髮碧眼的精靈有些不同。耳朵則是和蜜雅他們這些精靈一樣略尖。

——哦哦！

我好奇之下確認年齡後嚇了一跳。億耶，居然是億！

樹精的年齡也很驚人，雅伊艾莉潔小姐的年齡卻是更為離譜。

第一次在年齡中看到億的單位。數著數著就讓我頭昏腦脹了。

不過，外表竟是個小女孩嗎……

「希嘉王國的佐藤。你將蜜薩娜莉雅順利送回波爾艾南之森，實在是好極了……吶。」

——嗯？

「老身？非……非常感謝你……吶。」

這種格格不入的說話口吻是怎麼回事？

中途明明很流暢，但在說到自己的第一人稱和語尾的部分就突然停頓，語氣變得生硬起來。

流暢時是不符那年幼容貌的冷靜聲音，停頓時又變調成卡通般的聲音。

感覺就像不是配音員的人硬要模仿配音員一樣。

見到高等精靈的這副模樣，長老們依舊不動如山。

不過，儘管低著頭而無法看見表情，四個方位的巫女們卻在顫抖著肩膀。

「怎麼了嗎……了呀？」

小女孩不解地傾頭。

——嗯？怎麼回事？

站在眼前的小女孩，身上居然可以看見一名二十歲女性跪坐的身影。

我懂了，原來眼前的小女孩是幻影。之前在地下拍賣會會場識破白虎人的幻影時也是一樣。看來幻術這類東西對我好像無效。

本體的她擁有看似些許淡色金髮的白金色頭髮、碧藍的眼睛、薄薄的嘴唇及不會太高聳的鼻梁。儘管比不上露露，依然美得令人無可挑剔。說穿了，就是我喜歡的類型。

由於白小袖和千早的關係所以難以看出體型，不過從胸部看來應該有C或D罩杯的程度。

那坐下的姿勢無從得知身高，但大概跟我差不多吧。

——好棒，實在棒極了！

我在異世界裡老是都遇到小女孩和美少女，認識像這種美女的機會果然還是少得可憐。

賽拉和潔娜因為太過年輕而無法當成戀愛對象，至於同伴們以及卡麗娜小姐則是我的保護對象。

啊，這次過來拜訪波爾艾南之森真是太好了。

「你希望什麼獎勵呢——獎勵吶？」

幻影的小女孩露出自信滿滿的高傲表情，本體的她卻是有些臉紅。

看來並不是她主動想要進行這場鬧劇的。

大概是被迫參與了精靈們的驚喜活動吧。

那種略顯傷腦筋的怯懦表情實在有些吸引人。

「——那麼，希嘉王國的佐藤。就授予你獎勵之吻吶。」

糟糕，我沒聽清楚她前後說了些什麼。

展開雙手的小女孩幻影，像章魚一樣突出嘴唇。

本體的美女卻看似很難為情，略微俯面低垂著目光。

倘若是親吻小女孩我還會委婉拒絕，但既然對象是這種美女的話自然沒有不答應的道理了。

畢竟蜜雅以前也隨意親吻過我，想必就跟歐美人一樣算是問候的禮儀吧。

我如滑行一般瞬間走上去，動作自然地將手放在本體美女的臉頰上。

儘管有些禁不住誘惑想要親吻嘴唇，但對方好歹也是精靈之村的代表。還是收斂一點吧。

當初救出蜜雅的時候她在我的額頭上親吻，所以我也仿效這個動作在雅伊艾莉潔小姐的額頭上給予輕輕觸碰的一個吻。

在發現對方毫無反應之後我垂下視線，只見雅伊艾莉潔小姐就像水煮的章魚一樣變得通紅陷入暈眩。簡直就像是卡麗娜小姐會有的反應。

面對整個人變得軟趴趴的雅伊艾莉潔小姐，我急忙將她扶住。

看樣子好像昏過去了。

莫非我做了很糟糕的事情嗎？

◆

「希嘉王國的佐藤，我們要為聖樹的失態向你賠罪。」

在其他的房間裡，一名長老頂著嚴肅的表情向我道歉。

「不，我才是失禮了。莫非親吻女性的額頭是一件不禮貌的事情嗎？」

「不。然而那是一種神聖的行為，並非可以輕率進行的。」

原來如此……看來我好像嚇到雅伊艾莉潔小姐了。

唯一慶幸的是這並非失禮的行為。

「我們已經讓雅潔大人躺在醫務室裡了。有露雅在一旁照料著。」

「狀況還好嗎？」

「只是受驚嚇暈過去而已，睡一覺起來就沒事了。」

返回房間的巫女精靈們這麼竊笑著。

「平常明明就讓許多成年的精靈孩子們親吻額頭，想不到今天會這麼驚慌。一點也不像是雅潔大人，實在嚇了一跳呢。」

「庫雅。」

長老精靈沉聲告誡多嘴的巫女精靈。

「剛才還未有機會開口，我們波爾艾南氏族的精靈歡迎你們的到來。在你們專用的房子建好之前，希望你們能先使用賓客專用的公館。」

——啊？要蓋房子？

「不，請不用那麼勞師動眾。逗留期間只要讓我們住在樹屋裡就很夠了。」

「不過，外頭的房子住起來不舒適吧？建造房子只要一年就能完成了哦。」

我的話讓巫女精靈傾頭不解。

精靈的時間感似乎比我想像中還要漫長。

看來對方已經預設我們至少會逗留一年以上了。

本來打算再久也只會待半個月時間，但有點擔心太早出發的話會不會很失禮。

「居住的場所就這麼決定，不過關於救出蜜雅的謝禮又要如何挑選才好呢？你有什麼要求？」

「嗯，答謝。」

「拉亞你要私下答謝倒是無妨。我所說的是站在整個波爾艾南之村的立場上答謝對方。」

「嗯，理解。」

長老訂正了蜜雅父親的發言。

我並非為了獲得謝禮才帶蜜雅回到故鄉，但如今表示「不需要答謝」的話搞不好是很失禮的事情。畢竟面對那些公都貴族時也是這個樣子。

這時還是選個較為妥當的謝禮吧。

「既然這樣，可以允許我在波爾艾南之森觀光嗎？」

「嗯，我同意了。只不過——」

除世界樹區域之類的禁止進入區和私人空間——精靈個人住宅或工房等需要個別徵求所有人的許可——以外，我獲得了可以隨意進入任何區域的許可。

待蜜雅的歡迎會告一段落後，大家就一起在精靈之村裡觀光好了。

「那麼，決定要以什麼東西作為謝禮了嗎？」

奇怪？剛才的觀光許可就已經很夠了才對……

這時，我的腦中掠過了廣大機庫中見到的銀船外殼和帆船。

恰好我也在考慮從波爾艾南之森到迷宮都市的路程要走海路或空路。

「剛才我在機庫裡看到了——」

我不抱期望地索取船的外殼，長老在稍微沉思之後就答應了。

之後詢問才知道，原來對方在猶豫把那些不良庫存的垃圾送給我是否真的妥當。

逗留期間，我就來玩玩看魔改造吧。

◆

「露雅，水～」

躺在散發淡淡光線的透明床鋪上，高等精靈雅伊艾莉潔小姐頂著惺忪的眼神爬了起來。

「雅潔大人好像醒來了。」

和長老們交談完畢後，我順道前去探望雅伊艾莉潔小姐的狀態，看樣子來得正是時候。

巫女露雅小姐將水瓶中倒出來的水遞給對方。

裝水的杯子具有玻璃般的質感，摸起來卻是一種近似塑膠的神祕素材。根據AR顯示為阿魯亞的高腳杯。阿魯亞大概就是素材名稱吧。

「嗚嗚，大作絕對是搞錯了。說什麼高等精靈就必須是銀髮小女孩的模樣，語尾還得加上『吶』。」

「雅潔大人。」

露雅小姐試圖將我的存在傳達給雅伊艾莉潔小姐，但對方卻只是拚命說個不停，毫沒有察覺到。

「我知道。妳想說事到如今也不能向故人抱怨些什麼對吧？」

「雅潔大人！」

雅伊艾莉潔小姐像蜜雅一樣鼓起臉頰鬧彆扭。

實在有點可愛。一不小心好像就會愛上她。

「討厭！發點牢騷有什麼關係嘛。我一定被當成奇怪的女人了。對方明明是帶回蜜雅的恩人，這下子對精靈之村的印象豈不是變得差勁透頂了嗎。」

「雅潔大人!!」

那情緒不穩定的吵鬧模樣的確有些奇怪，不過瞬息萬變的豐富表情卻是讓我頗有好感哦。

「昨天辦完事情後本來打算向蜜雅說聲『歡迎回來』，結果她卻不在上面的村子。對了，那個叫亞里沙的孩子也說了什麼『高等精靈基本上就是銀髮小女孩，絕對沒錯』還有『主人一定會拒絕小女孩的索吻哦』之類的，沒想到根本不是這樣。」

「雅潔大人……」

原來如此，亞里沙也參與在其中嗎。

「真是的，就因為這樣才不能對日本人掉以輕心。從以前就那麼愛玩弄別人。」

她似乎見過歷代的好幾位日本人，但無疑都遇到了像亞里沙那種人。

明明還有像我這種普通人存在，實在是遇人不淑。

話說回來，她為何會知道亞里沙是日本人？

由於本人不可能會自行透露，所以想必是看到象徵轉生者的紫色頭髮才察覺的。

早知道就叫亞里沙事先戴上金色假髮了。

「雅潔大人，請您先聽我說話。」

「真是的，露雅，到底什麼事？」

露雅小姐所含蓄指示的方向上，我就站在那裡。

雅伊艾莉潔小姐像個沒有潤滑的馬口鐵人偶一樣「嘰嘰嘰」地轉動脖子。目光相對。

啊嗚啊嗚——雅伊艾莉潔小姐開始驚慌失措。

那沉著冷靜的成熟外表和看似全無戒心的輕率行動，兩者間的落差實在太棒了。這種大概也叫反差萌吧？

暫且不提這個，這時候還是先幫忙解圍吧。畢竟亞里沙好像也有錯。

「我聽露雅小姐說了，您似乎從早上就因發燒而一直躺在床上呢。不時還會講些夢話……」

我在詐術技能的協助下將捏造出來的說詞傳遞給露雅小姐。

「是……是啊，雅潔大人。您還沒有退燒，今天就別勉強自己，好好休息吧。」

露雅小姐也迅速地配合我所捏造的「異的言行是因為發高燒而意識不清的緣故」這番說法。

約定好待雅伊艾莉潔小姐冷靜下來時再次拜訪後，當天我便告辭了。

據露雅小姐所言，她們似乎有什麼要事的樣子。

儘管有種麻煩上身的預感，但只是聽一下內容應該沒關係吧。

返回仍在舉行「歡迎蜜雅歸來的宴會」的樹上之家後，不知為何蜜雅叫我「跪坐」。

告密者似乎並非先行一步回來的蜜雅父親。在亞里沙和蜜雅的後方，有三名巫女小姐吃著餅乾一邊笑得很開心。

對於這些口風不緊的多嘴女孩，我就送上吃起來會令人飆淚的超辣餅乾好了。

石舞台的修行

「我是佐藤。我很嚮往女教師這種類型。尤其喜歡個性認真凜然，私生活方面卻毫不靈巧的那種老師。可惜我從來就沒有被年紀大的對象理睬過。」

「主人，我拿到了很有趣的茶點哦。」

「謝謝妳，亞里沙。」

抱著滿滿一整籃的小型杯子蛋糕，亞里沙坐在了我身邊。

看起來是很普通的杯子蛋糕，據說裡面卻包有濃稠的完熟果實。

「這裡面該不會加了酒精吧？」

「討厭，那只是第一天失算而已嘛。」

亞里沙笑著強調不會再犯同樣的錯誤。

那一天，原本應該禁酒的亞里沙她們之所以會喝醉，是因為端上來的點心裡用於增添香味的酒精成分尚未消退的緣故。

這裡是第一天造訪的樹屋客廳裡。自那天以來，此處就分配給我們當作住家。

蜜雅一家人雖然邀請我們住在位於地下空洞的老家，但我不希望打擾他們久違的親子團圓，所以就一直逗留在這個地方。

話雖如此，在這種過了四天依然持續舉辦宴會慶祝蜜雅歸來的情況下，我的顧慮好像也變得沒什麼意義了。

今天一樣有許多精靈圍繞著蜜雅熱熱鬧鬧地談笑。對父母撒嬌的蜜雅很符合她的年幼外表，看了不禁令人感到莞爾。

不光是精靈們，小玉和波奇兩人在負責侍餐及打掃的棕精靈們之間也很受歡迎，彷彿吉祥物一般被疼愛著。

「鴨肉乾～？」

「這邊是赤鹿的肉乾喲！」

「答對了。」

「真有一套呢！接下來可是我珍藏的肉乾哦。」

她們如今也正在接受餵食——不，是進行猜測肉乾種類的遊戲。

莉薩則是待在兩人身後監督她們有無做出失禮的舉動。當然，周遭人遞來的肉乾也全數直接進入了她的胃裡。

「娜娜，再用力一點。」

「軟綿綿。」

「餅乾好好吃。」

在第一天因為不懂得控制力道而被羽妖精討厭的娜娜，目前在獲得「餅乾」這支援軍之後似乎已經和羽妖精恢復了友情。

羽妖精們坐在娜娜的肩膀和頭頂上狼吞虎嚥地吃著餅乾。

至於喊著軟綿綿的傢伙實在太不像話，竟然坐在娜娜豐滿胸部的乳溝裡。趕快跟我換位置吧。

這些羽妖精只會講精靈語，所以同伴們都裝備了翻譯戒指以作為溝通的輔助。

這種戒指是蜜雅的父母幫我們準備的。在公都認識的盧莫克王國梅妮亞公主，她借給那些日本人召喚者的戒指就跟這個很類似。

儘管是龍之谷戰利品當中也沒有的稀有物品，他們卻無限期免費借給每個人一只翻譯戒指。

據說以前有個精靈很熱衷於製作翻譯戒指，所以在波爾艾南好像不是那麼稀奇的東西。

對方的豐功偉業創舉讓我很想當面討教，可惜該精靈好像在世界樹裡睡眠中。

我試著向前來參加宴會的酒醉精靈詢問關於睡眠中的精靈一事，對方便很爽快地告訴我：

「——是啊，所謂的睡眠槽就是給活得太厭倦或者不想讓記憶淡忘的人進去的。大約可以保持五百年左右的清晰記憶，比這個時間更久的記憶就會逐漸褪色。跟活了好幾千年甚至一萬年的長老們慢慢變得沒有感情一樣。」

原來如此，他們似乎是帶著不願遺忘的記憶入眠的樣子。

生物的大腦確實沒有那麼多的容量可用呢。

「高等精靈大人也是一樣嗎？」

畢竟包括雅伊艾莉潔小姐在內的高等精靈們已經超過一億歲，年齡比起精靈相差太多了。

「高等精靈大人擁有記憶庫，所以跟什麼記憶淡忘的完全無關，頂多就只是活得太膩或者因為自我厭惡而把自己關在房子裡罷了——」

未回答完我的問題，酒醉精靈就被另一個表情看似正經的精靈賞了一記肘擊加以制止。

看樣子，我似乎觸碰到了精靈們的禁忌。

化解這種尷尬氣氛的是蜜雅開朗的聲音。

「佐藤。」

剛才還緊緊抱著母親手臂的蜜雅，這時帶著三名精靈少年少女走了過來。

感人落淚的重逢場面在第二天後急遽減少，但蜜雅依然會像這樣很有禮貌地逐一向我介紹初次過來的精靈。

「索亞、布亞、艾雅。」

——總覺得不太有禮貌的樣子。

「你就是用將棋擊敗了拉亞的佐藤吧。」

「強敵。」

「拉亞是我們『波爾艾南遊戲會，黎明四天王』當中最弱的一個！不知你的將棋是否敵得過我們！」

儘管發言讓人傻眼得合不攏嘴，不過這幾天我已經學到，這類謎樣文化都是勇者大作當初所帶過來的。

蜜雅父親拉亞嘟起嘴巴抗議「姆，失禮」，卻被眾人忽視而顯得有些落寞。

順帶一題，遊戲會四天王除『黎明』之外還有『破曉』和『風鳴』等琳瑯滿目的系列。

或許是我用將棋把精靈們殺得片甲不留，連帶也增加了「將棋名人」和「遊戲王」的稱號。

「要比將棋對吧？沒問題哦。」

「那麼，我先。」

「不不，既然這麼難得就同時下三盤棋吧。」

「驕傲。」

「哼，這份從容也只有一開始了。」

許多精靈的個性似乎都很不服輸，和蜜雅父親一樣喜歡喊「暫停」，所以我決定同時跟所有人下棋。

來到異世界後由於這個變年輕的身體已達到智力值的上限，就算同時下多盤棋也不會覺得難受。

多虧如此，我獲得了「平行思考」的技能。

可惜這種技能不像字面上那樣厲害。並非CPU當中的多核心，而是多執行緒的平行處理，所以總處理能力還是跟原來一樣。

簡單來比喻的話，就類似「同時作業的達人」吧？

就在不知是第幾次的「暫停」讓三盤棋同時停頓下來之際，身穿圍裙的露露恰好從樓下的廚房回來了。

喜歡烹飪的精靈少女們也跟在一起。

聲稱對勇者大作提及的日本料理一直在進行研究的妮雅小姐向前走出一步：

「佐藤先生，昨天答應您的漢堡排已經做好了，請評鑑一番。」

「好的，我很樂意。」

妮雅小姐將自稱漢堡排的盤子擺在我面前。由於是試吃用，每種都是一口大小。

眼前排開的盤子裡裝有看似肉丸子的小球、煎過的肉泥、做成麵條狀之後編織成小判金幣尺寸並放在網上烤出來的東西、怎麼看都是一整塊肉的東西，最後才是看起來像漢堡排的東西。

之所以會夾雜明顯不是漢堡排的東西，好像是勇者大作留下的那一句「用肉揉製再煎烤的料理」太過含糊籠統的緣故。

看來他的烹飪知識比我更加匱乏的樣子。

「除了這個以外，其他怎麼看都不像漢堡排，可是卻美味得沒話說哦。」

「嗯，的確。」

我同意亞里沙做出的評價。

「尤其是這種肉泥狀的東西和辮子麵特別好吃呢。」

並非漢堡排，而是地球上前所未見的料理。感覺就像創意料理餐廳會端出的那種菜色。

妮雅版的漢堡排之所以不像漢堡排，大概是因為她只考慮用肉來製作的關係吧。

妮雅小姐強調是用「百分之百的牛肉」製作，不過這似乎是勇者大作的表達方式有問題。

光用肉製作的話很容易散開，而且對方好像已經持續嘗試了好幾百年的錯誤。

好幾百年嗎……不愧是精靈，時間的長短跟人族就是不一樣。

話說回來，未加入黏著物僅用肉就能做出麵條，真是太令人百思不解了。

露露也在亞里沙的身旁試吃，然後前往廚房開始製作我所傳授的漢堡排。

「其他還有一百種以上，不過就這五種最接近大作大人流傳下來的料理了。」

「真是厲害呢。逗留在此的期間真想品嚐看看所有種類。」

「是的，您是蜜雅的恩人。我會竭盡全力製作的。」

妮雅小姐欣然同意了我這番不客氣的要求。

那些一起過來這裡喜歡烹飪的精靈少女們似乎也會傳授自己的食譜。逗留期間就跟露露兩人一塊盡情學習吧。

——咕嚕嚕嚕。

循著可愛的空腹聲回頭望去，發現小玉和波奇一副快要流口水的模樣盯著這邊。

那種表情實在很難想像她們剛剛還在吃著各種肉乾進行比較。

「要試吃看看嗎？」

「系！」

「是喲！」

「我會盡自己的微薄之力。」

我這麼套話之後，兩人彷彿要跳起來一般舉起手肯定道。

不知什麼時候站在兩人身後的莉薩似乎也想要試吃。儘管頂著正經的表情卻不斷搖著尾巴，所以想必一直在等我出聲吧。

就這樣，我先從小玉和波奇開始讓她們試吃——

「喵～？不是漢堡排～」

「漢堡排是更柔軟更有彈性，吃起來會很多汁喲！像這樣子，大口吃下去就會很幸福喲。」

我從舞動雙手在妮雅小姐面前這麼熱情講述的波奇手中奪下叉子。真是危險呢。

莉薩每樣東西都吃了一口之後「嗯嗯」地點頭。看那眼梢放鬆的模樣，味道似乎讓她很滿意。

這時，露露端來了剛煎好的漢堡排。

漢堡排盛裝在家庭餐廳會有的那種盤子裡。也就是木盤上還放有一塊滾燙的黑色鐵盤子。

妮雅小姐一副感慨萬千的模樣享受著香味，然後目不轉睛地確認漢堡排的細節。乘著還沒冷掉趕快吃吧。

「那麼，我開動了。」

她用刀叉切出一口的分量送入小嘴裡。

小玉和波奇流著口水，目光一邊追逐對方叉子的動作。

我偷偷望了一眼莉薩的側臉，發現她只是微微張著嘴巴卻沒有流口水。至於目光停留在什麼地方就不過問了。

——話說回來。

請不要邊哭邊吃東西好嗎。

由於是妮雅小姐心目中的夢幻料理，所以這或許也是沒有辦法的。

話雖如此，憑藉她的烹飪手藝，只要吃過一次後應該很快就能重現才對。

「佐藤。」

原本待在父母中間望向這邊的蜜雅，不知什麼時候來到了我身旁。

「豆腐漢堡排。」

蜜雅從後方摟住我的脖子，摩擦著臉頰這麼央求道。

抽搐著盈盈的笑容，亞里沙展開奮戰試圖剝離蜜雅的手。

——別這樣，太小心眼了。

我在心中責難亞里沙，然後撫摸著蜜雅的腦袋安撫她。

「遵命，大小姐。」

我向蜜雅說了句俏皮話並拿開脖子上的手，同時為了讓妮雅小姐能專心品嚐味道而將小玉和波奇抱在脅下前往廚房。

露露也跟過來幫忙，所以不光是蜜雅要求的豆腐漢堡排，就連和風漢堡排、醬燒漢堡排以及番茄漢堡也一併來製作好了。

當然，也不能忘記那些缺食兒童們要吃的分量。

當我端著完成的豆腐漢堡排返回之際，發現來訪的精靈變多了。

似乎是因為大家奔走相告說這裡可以吃到漢堡排。

「新的漢堡排馬上就來了，請再稍等一下。」

「嗯，了解。」

「好期待，好期待。」

向精靈們稍微打個招呼後，我將豆腐漢堡排的盤子遞給蜜雅。

「來，蜜雅。這是妳久等的餐點哦。」

「嗯，謝謝。」

見到擺放在蜜雅面前的盤子，震驚的蜜雅父母和精靈們頓時鼓譟起來。

在現場所有人的目光之下，蜜雅將一小塊豆腐漢堡排送入口中。

擺動臉頰咀嚼的同時，蜜雅頂著寫有「柔軟貌」字樣般的表情幸福地瞇細雙眼。

「「「蜜雅吃肉了！」」」

精靈們異口同聲地訝異道。

唔，用不著那麼吃驚吧。

「真了不起。」

「蜜雅，太好了。太了不起了。今天得煮紅豆飯才行。應該要煮對吧？」

父母緊緊抱住蜜雅歡呼道，但蜜雅卻因為用餐被人打擾而一臉困擾的樣子。

唔，看到歡欣鼓舞的父母，我的表情變得有些得意。

——嗯，成功了。

我在心中暗自竊笑著詭計的成功。

由於事先向蜜雅的父母確認過她沒有對肉類過敏，所以這一次的豆腐漢堡排並非只有豆腐，而是嘗試加入了一成去除脂肪成分的肉類。

試吃階段不但沒有吃肉的感覺，就連蜜雅也未察覺到裡面放了肉。

至於告訴蜜雅真相，就先等我再多增加一點肉類的比例之後吧。

——呵呵呵，食慾的魔爪可是隨時都在盯著妳哦。

∨獲得技能「策略」。

「主人，你的笑容很可怕哦。」

在我不經意扮演起腦中的壞蛋角色之際，隨即被語氣傻眼的亞里沙這麼指正道。

看來整個人處於鬆懈的時候，「無表情」老師就會罷工了。

這時露露她們恰好將盤子裡堆得像小山一樣高的各種漢堡排端了過來。

我於是拜託閒得發慌的莉薩幫忙把備用的小盤子拿來。

「久等了，請各位品嚐吧。」

我這麼告知，請精靈們享用各種漢堡排。

「美味！」

「真美味！非常柔軟，滋味在口中擴散開來哦！」

精靈們紛紛出聲稱讚漢堡排。

我請露露和莉薩擔任助手煎了許多份漢堡排，但「重現勇者未完整說明的漢堡排」這句話似乎很具有震撼力，無論煎了多少次始終還是湧入再來一盤的要求。

倘若沒有把漢堡排的製作法傳授給妮雅小姐這三位女孩，讓她們在其他的樹屋裡開始量產漢堡排的話，大家無疑要到明天才能從廚房裡解脫出來了。

普通肉類的庫存消耗甚多，但即使撇開鯨魚肉不談，魔物肉還有相當龐大的數量所以暫時應該沒問題才對。

畢竟對漢堡排感到滿意的精靈們也都贈送了大羊和紅雞之類的家畜作為謝禮。

這些家畜我打算放在蓋有樹屋的大樹根部處，廣大空洞內建造的馬廄裡，連同馬和走龍一起由「活動人偶」擔任的廄務員負責照顧。

「辛苦妳了，露露。」

「不，這並不算什麼。」

結束費力的工作，我和露露吃著精靈們拿來當作伴手禮的鄉土料理，一邊眺望著爭先恐後地享用漢堡排的眾人並沉浸在滿足感之中。

◆

「「「Hey, Boy，有訪客哦。」」」

待在精靈之村的第七天用完早餐後，掛在樹屋客廳裡的好幾件神祕雕刻突然開始同時講話了。

由於完全猝不及防，小玉原本保持固定姿勢正在窺探剛剛玩愚公移山那堆棋子，這時尾巴猛然膨脹變得僵硬。

驚訝得瞪圓眼睛的波奇也差點從椅子上滑落，但有坐在一旁的莉薩幫忙支撐所以好像沒事。

看樣子，這些神祕雕刻的作用就類似門鈴對講機了。

由於直到昨天舉辦宴會為止時都沒有發出聲音，所以大概是有人回去的時候好心幫忙啟動的吧。

原以為掛在牆上的鏡子會像顯示器一樣照出來訪者的模樣，但似乎沒有那麼先進的機能。

當我站起來後，神祕雕刻的聲音便停止了。

「我出去看看。」

露露匆忙地跑到樓下迎接客人。

「早安，佐藤先生。」

「早安。」

被露露帶來回的是意料之外的兩人。

「歡迎，雅伊艾莉潔大人，露雅小姐。」

我邀請巫女露雅小姐和高等精靈雅伊艾莉潔小姐進入房間內。

「好了，雅潔大人——」

「嗚……嗚嗚！我知道，別再催了，露雅。」

露雅小姐在欲言又止的雅伊艾莉潔小姐肩膀處戳了戳。

「主人，我們帶馬兒出去散步一下哦。」

「嗯嗯，拜託妳們了。」

見到雅伊艾莉潔小姐一副難以啟齒的模樣，亞里沙很貼心地和待在房間裡休息的同伴們一起離席了。

「真是抱歉，似乎讓大家費心了……」

安撫了惶恐的露雅小姐，我請兩人入座。

或許是個性有些怕生，雅伊艾莉潔小姐只是頂著向上望來的視線看著我，整個人忸忸怩怩的完全沒有開口的意思。

「好了，雅潔大人！請不要因為老是出糗而感到難為情就磨磨蹭蹭的。」

對此感到焦急的露雅小姐用雙手固定住雅伊艾莉潔小姐的腦袋，將其用力往我的方向強行扭動。

——等等，露雅小姐！

妳的心情我很了解，不過雅伊艾莉潔小姐的脖子會受傷吧？

和我對上目光的雅伊艾莉潔小姐，終於一臉慌張地開口：

「前……前些日子真是對不起！」

雅伊艾莉潔小姐不做任何藉口直接向我低頭道歉。

大概是前陣子的銀髮小女孩那件事吧。

「我才應該道歉才是。竟然將雅伊艾莉潔大人您的話當真而親吻下去，實在非常對不起。」

我詢問雅伊艾莉潔小姐：「您是否覺得不高興呢？」對方滿臉通紅地斷然否認道：

「沒……沒有這回事——」

我藉助「無表情」技能克制住快要放鬆的臉頰。

「那麼，就當作雙方都有錯，抑或是我們雙方都沒有錯吧。」

「嗯，既然佐藤你這麼說——」

聽了我的話，雅伊艾莉潔小姐安心地鬆了一口氣。

「之前只是聽人提過，想不到佐藤先生的精靈光真的很漂亮呢。」

將眼睛改變成銀色的露雅小姐換了另一個話題，化解瀰漫在雅伊艾莉潔小姐和我之間的微妙氣氛。

「是這樣嗎？我看不到所謂的精靈光，所以自己也不太清楚——」

「擁有這麼強烈的光，卻不具備精靈視的能力嗎？」

我的回答讓露雅小姐發出驚呼聲。

「大作也是一樣，勇者果然在奇怪的方面都很笨拙呢。」

雅伊艾莉潔小姐毫不猶豫地做出爆炸性發言。對此產生反應的人是露雅小姐。

「莫非佐藤先生是勇者大人嗎？」

「真是的，我不是跟露雅妳說過了嗎。佐藤就是和黑龍戰鬥的那位虹色精靈光的勇者哦。」

說到這個，與黑龍戰鬥的時候，我好像曾被雅伊艾莉潔小姐從世界樹的方向使用「眺望」系魔法偷看過吧。

那個時候我應該是變裝成無名的模樣，所以先裝傻再說。

「請問，您是指哪件事呢？」

雅伊艾莉潔小姐對於我的回答傾頭不解。

「就是你在山脈中戰鬥時的事情——奇怪？今天沒有勇者的稱號了呢。」

雅伊艾莉潔小姐眾多數不清的天賦當中存在著「鑑定」這一項。

「說到這個，當時的名字是空欄，今天的等級和技能也不一樣呢。」

「該不會是把我誤認為別人了吧？」

「啊哈哈，怎麼可能有其他人能發出如此具特色的強烈精靈光呢。」

我試著對雅伊艾莉潔小姐的問題裝糊塗，但卻被她一笑置之。

「無論是我們高等精靈或天龍們都無法發出那麼璀璨的精靈光哦。」

雅伊艾莉潔小姐注視我的那副陶醉表情實在很棒，不過現在的我可沒有心情看得入迷。

「莫非佐藤你想要隱瞞自己的勇者身分？」

「是的，要是被掌權者知道我是勇者，很容易會被捲進麻煩的事情裡——」

倘若只有我一人還可以設法擺脫，不過同伴們就做不到了。更重要的是以後再也無法悠哉地享受遊山玩水的旅程。

「哦～」

對於傾頭表示不太明白的雅伊艾莉潔小姐，露雅小姐在她耳邊悄悄說了些什麼。或許是持有防諜的魔法道具，我的「順風耳」技能也無法捕捉到對話的內容。

換成平時，我會防備對方提出「希望我們保密就做什麼事情」之類的要求，但見到這裡的精靈們之後我實在無法想像她們會這麼說。

倘若希望我做些什麼，大家基本上都是當面直接要求而不會開出交換條件。

「那麼！我！來教你吧！」

握緊拳頭的雅伊艾莉潔小姐站起來這麼宣告。由於不知道對方要教我什麼東西，所以我繼續等待她的下文。

大概是被人注視之後感到難為情，她整個人滿臉通紅蹲了下來。

真是有點棘手的類型，她為何會這麼慌慌張張的呢？

「我是說！為了答謝你將蜜雅送回村子，我會教你壓抑精靈光的方法。」

「那真是求之不得。真的可以嗎？」

「嗯嗯，包在我身上！」

她躲在露雅小姐的背後擠出這番話來。

該怎麼說？對方躲在身材嬌小的露雅小姐後方，看起來就像個躲在中學生後面的怯懦老師一樣。

就這樣，我決定向有些靠不住的雅伊艾莉潔老師討教。

我們透過樹精的「轉移」來到了距離世界樹三十公里遠的岩場。

在波爾艾南之森當中似乎可以轉移至較為自由的場所。

「佐藤先生，這邊請。」

跟著前方帶路的巫女露雅小姐走在岩場裡，我們穿過一處俯瞰瀑布的場所。

沒有任何障礙物的正前方，世界樹雄偉的姿態映入我的眼簾。

「世界樹果然很大呢。」

「是的，山樹雖然也很大，不過世界樹卻是格外不同。」

具備那麼龐大的體積，真佩服它不會被自己的重量壓垮。

在我道出心中的疑問之後——

「我聽長老大人說過，世界樹本身好像是靠著『次元樁』魔法來維持的哦。」

原來如此，就類似之前在世界樹內的機庫見到用來固定船殼的魔法嗎。

走著走著，我一邊和巫女露雅小姐進行這樣的對話。

不久，瀑布前方可以見到安放有巨大岩石的石舞台。先行一步動身的雅伊艾莉潔小姐就在那裡等著。

唔，有人在場固然很好。

不過那是什麼打扮？

白色襯衫搭配緊身裙，還戴上了有三角形鏡片的眼鏡。髮型則是在後方綁個髮髻，但側邊的頭髮卻是左右各留下一束。至於那根短杖大概是用來代替指示棒吧。

也就是所謂刻板印象中的女教師模樣。

勇者大作……你的文化危害請適可而止一點吧。

嗯，不過這次頗為養眼所以就不追究了。

「佐藤同學，你遲到了哦。」

既然容易臉紅的話，何必要玩什麼角色扮演呢。

雖然很想投以傻眼的目光，不過由於可能會耽誤時間，所以就讓無表情技能努力一下了。

「對不起我遲到了。」

「雅潔大人請不要玩了，趕快換上導師的服裝。」

「有什麼關係。大作可是說過，這身服裝具有教育技能＋1的效果哦。」

「那是他說笑的。」

相較於起挨了露雅小姐的罵，雅伊艾莉潔小姐更為錯愕的是對方告知自己「教育技能＋1」是謊言的事實。

她為何會相信這種事情呢？

在等待雅伊艾莉潔小姐重新振作的期間，我從石舞台上俯瞰瀑布的絕佳景色。

儘管比不上著名的尼加拉瓜瀑布，不過兩條以上的瀑布朝同一處深潭落下的景象實在非常壯觀。

沿岸壁浮出的岩石處也有水流入其中。大概就跟我手中的「深不見底的水袋」是類似原理吧？真是很不可思議的光景。

聽到咳了一聲，我於是回頭望去。

在那裡是雅伊艾莉潔小姐換上巫女服之後的身影。要忍受衣服摩擦聲的誘惑而不回頭偷看真不容易。

「那麼，在修行之前請先服下這個。」

擔任助手的露雅小姐遞出放在藥包裡的青色粉末。

「這是？」

感覺很像公都的寶石工房裡見到的藍寶石粉末。由於時而閃閃發光，所以應該是某種魔法藥吧。

根據AR顯示，這是「聖樹石的粉末」。

「聖樹石——在森林外是『賢者之石』這個俗稱比較有名——這就是其粉末。」

——賢者之石？

「有時也會讓生產的孕婦服用，但主要用途是增強魔法效果。」

露雅小姐告訴我粉末的其他用途。

或許是被激發了對抗意識，雅伊艾莉潔小姐不小心說溜嘴：

「這可是每年僅能從世界樹採集一塊小石子分量的貴重物品！所以，千萬不可以灑出來哦？」

原來如此，可以從世界樹採集到嗎——

總覺得給我一種結石的印象。

想到了某種可能性，我便試著搜尋儲倉，可惜並沒有發現聖樹石或賢者之石。

我將青色粉末含在嘴裡，用露雅小姐遞來的水吞進喉嚨裡。

沒有味道。集中精神試圖感受粉粒的動態後，我獲得了「魔力感知」技能。這種粉末似乎會湧現出微乎其微的魔力。

「那麼，先來做暖身運動。跟著我的動作一起動吧。」

確認著雅伊艾莉潔小姐的動作，我一邊模仿同樣的動作。動起來相當激烈。

這種動作似乎是為了讓粉粒擴散至全身。可以感覺得出到達胃部的粉粒溶解之後循著血液流動，聖樹石的微粒子在全身擴散開來。

我不禁聯想起照胃部X光時的硫酸鋇劑。

「接下來對身體注入魔力。」

我按照指示對自己的身體注滿魔力。就跟自我治癒時的感覺很接近。打從我將魔力注入身體開始，就逐一被血液裡的微粒子所吸收。

由於一不小心就會把魔力注入修行服的尤里哈纖維裡，所以必須特別注意。

「做得很好呢。」

「真的呢，魔力一般往往會因為無法順利進行循環而流到魔法服，沒想到做起來卻相當自然呢。」

對方的誇獎固然很令人高興，不過就這樣繼續下去沒問題嗎？

調整起來頗為困難，讓我根本沒有餘力講話。

血液裡的微粒子在吸收了一定量的魔力後，這次換成釋放出魔力。這種感覺近似聖劍所發出的聖光。

「好，這時候就抓住全身溢出的魔力並將其制伏。然後彷彿在身體表面架起一層薄膜那樣將其展開。」

原來如此，也就是所謂天才不擅長教人吧。不過，我隱約可以體會。

我按照抓住「不死王」賽恩的「影鞭」時所使用的要領使勁一抓，接下來將這些魔力打薄展開。有了跟勇者隼人訓練時學到的「魔力鎧」使用經驗，做起來格外簡單。

>獲得技能「精靈光控制」。

>獲得技能「魔力控制」。

「好，成功了哦。」

「咦？啊，是真的。精靈光完全看不見了。」

睜開眼睛後，只見換上銀色精靈視版本眼睛的露雅小姐正在進行確認。可惜原本就看不到外洩的精靈光，所以我只能相信露雅小姐的說法。

在此同時，平常會從身體洩漏少許的魔力，如今也完全不會流出了。

由於使用「隱形」技能時也會停止洩漏，所以我或許不需要「魔力控制」技能。要是以後開啟的話，再來驗證一下跟魔力操作有什麼不同吧。

「一般都要花費好幾年的時間學習，你還真有天分呢。」

「我明明也花了一百年才辦到……勇者真的太與眾不同了。」

露雅小姐一臉難以釋懷地發著牢騷。我出言安慰似乎有些不太妥當，於是就這樣當作沒聽到了。

我打直身子面向兩人準備感謝她們的協助，但似乎太早了一點。

「接下來是修行的第二彈哦。」

「說得也是，既然使用了寶貴的聖樹石粉末，就乘著還有效果的時候完成下一個課程吧。」

「這次把薄膜一般的魔力延伸至眼睛部位，然後注入些許試試。」

只操作一部分就挺困難的呢……喲咻。

嗯，操作時想像著戴上隱形眼鏡之後就順利辦到了。

「看著我的雙手哦。■■■■■■■■■　■■　水精靈召喚。」

雅伊艾莉潔小姐向上伸出的雙手裡冒出了水。過了好一會，水化為圓球在雙手略高的地方輕飄飄地浮著。

球體散發出毛毛雨一般的水粒子隨風流動，在雅伊艾莉潔小姐的身旁製作出一道小彩虹。

——簡直就像是妖精或女神一樣。

「看好了，佐藤。」

「——好、好的。」

雅伊艾莉潔小姐讓我看得太入迷，導致回答慢了一拍。

表情認真的雅伊艾莉潔小姐，那凜然的樣子就和平常判若兩人。

我清了清喉嚨掩飾自己的失態後，按照對方所說定睛注視水球。

注視。

更加專心注視。

怎麼看都是水——不，有淡水色不規則形狀的微小亮光。定睛凝視無法看見，將焦點移開後反而就看得到了。

V獲得技能「精靈視」。

想不到這麼簡單就獲得技能。真是太感謝賢者之石了。

「看到了。」

「「咦？」」

——為何會對此感到驚訝？

「真的嗎？」

「是的，就是淡水色的不定形亮光對吧。」

「沒、沒錯。」

「真厲害呢。就算是精靈，一百人當中也只有一人能藉由後天方式獲得。」

如果是百分之一，就好像不是那麼稀有了。

「好，現在開始第三彈！來挑戰看看精靈魔法吧——！」

情緒有些高亢的雅伊艾莉潔小姐舉起手來這麼宣布。

儘管這時用生活魔法「乾燥」幫忙弄乾對方的衣服或許比較有紳士風度，不過我希望再多享受一下這剎那間的光景。

被水打濕的巫女服，實在是太棒了——

「要開始了，■ 風。」

首先是雅伊艾莉潔小姐的示範招式。

有了開啟後的「精靈視」技能，我得以清楚看見雅伊艾莉潔小姐所做的事情。

她僅唱出一句咒語，其周圍就聚集了無色的精靈們，然後毫不停歇地變化為綠色的風屬性精靈，形成「風」的現象並使魔法發動。

以威力來說相當於風魔法「氣槌」的程度，但詠唱時間非常短。

「如何？顯現出來的魔法就跟普通的風魔法沒有兩樣，但優點是詠唱時間和所需魔力都非常少。」

「相對地要注意，在沒有精靈的場所就會變得乏力。」

露雅小姐補充了雅伊艾莉潔小姐忘記提到的缺點。

精靈似乎不太存在於在人造物當中或魔物的住處。

發動後的「精靈視」技能所呈現的視野中，雅伊艾莉潔小姐全身釋放出以金色為主體的貴金屬系強烈亮光，實在是非常漂亮。

至於露雅小姐，感覺很像冷色系的光在淡淡閃動著吧。

從這兩人來看，精靈光好像並非單一顏色，而是會在特定範圍的色彩裡變化。我試著觀看飛過瀑布上方的鳥，不過亮光太弱而看不太清楚。

我身體洩漏出的微弱亮光是淡白色。

嘗試將壓抑著的精靈光解放出來後，彷彿會亮瞎眼睛的強烈光輝便染上了周圍。瀑布四周的精靈們以驚人的速度聚集而來。由於精靈們阻擋視線所以看不清楚，其實我所釋放的光是從冷色到暖色都有的廣域原色，毫無節操的繽紛色。

蜜雅之前稱讚過「漂亮」，但從審美的角度來看，雅伊艾莉潔小姐所釋放出的亮光遠遠高貴且漂亮多了。

哦，這樣一來根本看不到周圍。

我急忙收斂精靈光，使其不洩漏至外界。失去目標的精靈們開始漫無目的地散去，只留下被露雅小姐和雅伊艾莉潔小姐釋放的精靈光所吸引的精靈，其餘大部分都回歸原本的自然界了。和聚集時相比，速度顯得相當悠哉。

「已經收放自如了呢。好驚人的適應力。對吧，雅潔大人。」

「是……是啊。」

雅伊艾莉潔小姐似乎覺得我的精靈光很刺眼，眼睛不斷一開一合，漫不經心地回應著露雅小姐的問題。

「對不起，雅伊艾莉潔大人。我有些事情想確認一下，所以就放鬆了控制。」

「畢……畢竟是第一次，這也是沒有辦法的。」

奇怪？雅伊艾莉潔小姐的怕生個性再度發動了。剛才明明還能看著我說話，此時卻又變成忸忸怩怩的可疑模樣。或許是真的覺得太刺眼了吧。

「言……言歸正傳！你來試試看吧！」

「好的，◆ 風。」

哦？咒語失敗了卻依然颳起些許微風。這是精靈們為我設想的緣故嗎？

「唉呀？莫非你不擅長詠唱咒語嗎？」

「是的，無論怎麼樣就是練不好。」

「不過，剛才不是起風了嗎？」

「說不定是精靈通融了一下吧。」

「沒有這回事哦。」

我按照自己的感覺回答露雅小姐的問題，但卻被直接否定了。

「除了像樹精那樣的例外，精靈們通常不存在自我和智慧。他們只是單純從地脈吸取魔素，機械式地扮演著將魔素傳遞給所需生物的角色罷了。」

原來如此，精靈是自然現象的一部分嗎……

這倒是無所謂，不過無法見到性感的溫蒂妮大姊姊實在太可惜了。

「是嗎?他們偶爾會聚集一大群在說些什麼哦。」

哦，雅伊艾莉潔小姐提出了反對意見。

「會說這種話的人只有雅潔大人您哦。其他高等精靈根本就沒有贊同過吧？」

「嗚嗚，是這樣沒錯！可是我真的感覺到他們在說話嘛。」

被露雅小姐否定的雅伊艾莉潔小姐氣呼呼地鼓起臉頰將頭撇向一邊。真像是蜜雅會有的反應呢。

雖然很可能是錯覺，不過未必就可以篤定那是誤解。畢竟像是遊戲開發時的除錯階段，被判斷為「錯覺」的錯誤往往在上市後都會被發現。

「我可以試一次看看嗎？」

「真是的，連佐藤先生也這麼說。」

「試試看吧！絕對可以聽見的！」

我獲得兩人的許可後便開始嘗試。

忍受精靈光的刺眼以及精靈們猛烈突擊的精靈亂舞結束。大約十分鐘後，精靈們像蠶繭一樣覆蓋了我的周圍。仔細一看，他們並非在空中靜止，似乎是緩緩地在一定距離之內持續徘徊。

嗯，並沒有聽到什麼聲音。

莫非是雅伊艾莉潔小姐聽錯了嗎？

我就這樣開始接收精靈們洩出的微弱魔素。

——難道這是有意的信號嗎？

這麼認知的瞬間，伴隨猛然契合的感覺，我變得能夠聽到非常細微的鼓譟聲。

他們的確試圖在傳達什麼，但遺憾的是我無力再解讀下去。這種感覺就像在分辨一百公尺外的人群嘈雜聲一樣。由於並未取得任何技能，所以要聽懂精靈的聲音或許存在著某種條件也說不定。

「好像在說些什麼的樣子，至於內容就不清楚了。」

「就是這樣！就算是一次也好，真想和他們交談呢。」

「佐藤先生，您不是在開玩笑吧？」

對於有些不知所措的露雅小姐，我告訴對方自己並非在說笑。

在那之後我又嘗試了好幾次，可惜卻在精靈魔法方面搞得一塌糊塗。

儘管早就已經料到，和詠唱咒語一樣，我在詠唱精靈魔法時始終也不順利。

一度想為我進行示範的雅伊艾莉潔小姐犯了愚蠢的錯誤，使得露雅小姐都淋成了落湯雞，不過當時獲得了「精靈魔法」技能所以我並沒有什麼怨言。遭露雅小姐斥責的雅伊艾莉潔小姐實在很可愛。

「佐藤先生只要會詠唱的話，不光是普通的精靈魔法，甚至還可以召喚擬態精靈以供驅使呢。真是可惜了。」

巫女露雅小姐召喚出聯絡用的鴿子型擬態精靈給我看。

除了覆蓋有朦朧的白色燐光之外，形體就跟鴿子沒有兩樣。

雖然稱為召喚，實際上似乎是以小精靈們為素材創造出來的。

體態精靈不存在痛覺和恐懼所以經常用於戰鬥訓練，打獵時也會用來當作肉盾或誘餌，可說十分方便。

據說當體力歸零時遺骸就會消滅，回歸原本的小精靈並四處擴散。

巫女露雅小姐向我透露了一句：「雅潔大人和佐藤先生身邊的精靈光濃度都相當高，所以召喚起來很輕鬆。」

「說到這個，這種精靈光究竟是基於什麼法則來改變強弱的呢？」

「誰知道？」

「喂，雅潔大人。」

見到手指貼在臉頰上傾頭不解的雅伊艾莉潔小姐，露雅小姐這麼吐槽道。說明的工作由露雅小姐負責接手：

「以地脈為例，流動濃度大的地方就會發出較強的光。源泉附近的話甚至會變得格外耀眼。」

她說到這裡暫停了一下，然後看似很尷尬地繼續開口：

「不過，人並不一定會根據魔力總量的多寡而產生變化，所以我們實際上也不太清楚哦。」

就連長壽的精靈似乎也有不明白的事情。

綜合至今旅途中所獲得的情報，源泉是魔力產生的來源，精靈則是負責媒介帶有魔力的魔素。

所謂的精靈光，應該會出現在魔力和魔素濃郁的場所吧。

考慮到電流周圍會出現電磁波般的現象，總覺得這種解釋不會錯得太離譜。

那麼，關於精靈光的問題就到此打住——

「所謂的源泉又是什麼呢？」

「是地脈的噴出孔吧？」

「是的。在這片大陸，除龍之谷是超乎尋常的規模以外，其他還存在百處以上的源泉。」

嗯，不愧是「最強之神」龍神的領域，「龍之谷」似乎是相當特殊的地方。

我的精靈光之所以與眾不同，歸咎於那個源泉的想法似乎是正確的。

另外，異常快速的魔力回復速度以及令他人望其項背的高魔力效率，說不定也和我支配著「龍之谷」的源泉所有關連。

話雖如此，由於我的等級和能力值比其他人遠遠高出許多，所以還是不要統統把原因都推給源泉好了。

「說得也是呢。我記得——」

或許是聽到露雅小姐的說明後想起什麼，雅伊艾莉潔小姐「啪」地拍了一下手。

「那邊的瀑布湖底部也是精靈聚集處——源泉之一呢。」

聽了雅伊艾莉潔小姐的情報，我不禁落下目光。在開啟精靈視之後，瀑布湖底部的確有亮光洩漏出來。

水質明明不會混濁，亮光卻不怎麼強烈。

「這也算是百處裡面的一處嗎？」

「不是哦。所謂百處指的是能夠在上面建造都市或城鎮之類的大規模源泉。」

我的問題讓露雅小姐搖頭否定。

「源泉也分成許多大小不同的種類呢。如果是像這種瀑布湖的小型源泉，總數就有些無法掌握了。」

小型源泉似乎出奇普及的樣子。

抱著些許好奇心態，我用精靈視觀看身後的世界樹。

樹木本體散發出耀眼的光輝。而且定睛注視之後，樹幹周圍還有同心圓狀的光環如波紋一般擴散出去。

「很漂亮吧？」

換上柔和笑容的雅伊艾莉潔小姐向仰望世界樹的我這麼說道。

「是的，非常漂亮。那棵世界樹也是源泉嗎？」

「不，不是的——」

「雅潔大人。」

「——那並非來自地脈，而是虛空——我好像不能這麼透露吧？」

「嗯，換成佐藤先生的話倒無所謂，不過請不要在外面的世界到處宣揚哦。」

我點頭回應露雅小姐的叮嚀。雅伊艾莉潔小姐在確認過後接續下去說道：

「你知道虛空中存在著乙太流嗎？」

「不好意思，我比較無知。」

畢竟根本就不知道虛空是什麼東西。

見到延伸至天空彼端的世界樹，我想對方大概會回答那是宇宙空間，但我更期待答案會是更具有奇幻風格的精靈界。

「唉呀，不知道的話只要學習就行了哦。所謂的乙太就是——」

雅伊艾莉潔小姐一副得意洋洋的樣子，判若兩人地用流暢的口吻為我解說乙太。

直接省略掉「繼地水火風這四大元素的第五元素如何如何」的複雜內容後，簡單來說那似乎是一種物質，在宇宙空間裡負責媒介太陽所颳出來的大量魔素。

「——所以，世界樹向那些乙太伸出名為晶枝的絲線般細小樹枝，藉此從乙太流當中吸取魔力。接著又將回收的魔素送入地底深處，混入地脈裡流動的魔素使其活性化哦。」

展開雙臂仰望世界樹的雅伊艾莉潔小姐，露出彷彿看待自己心愛孩子般的微笑。

見到這樣的表情，我終於能實際感受到雅伊艾莉潔小姐的年齡比我遠大得多。

「世界樹的那些亮光，就是魔素從天上流入地下時，外洩出來的部分被精靈們拾取的模樣。」

——原來如此。

世界樹的存在似乎就是一具讓世界活性化的巨大魔法裝置了。

「倘若這件事情被貪婪的人得知，包括波爾艾南在內擁有世界樹的森林都有可能遭到那些國家的蹂躪，所以我們才會一直保密的。」

畢竟那就等於一座大功率輸出的發電廠了。

要是獨吞下來，靠著充裕的魔力甚至還可征服世界。

「我保證絕對不會說出去。如果覺得口頭保證不放心，要用『強制』或『契約』來束縛也無妨。」

「用不著做到這種地步哦。」

原以為是很重要的祕密所以我這麼建議，但露雅小姐卻苦笑著表示太誇張。

我明明就很正經……看來精靈們過於老實，危機感太薄弱了。

儘管很婆婆媽媽，我還是向露雅小姐表達這樣的意見，結果對方回答道：

「假如真的有人試圖將世界樹據為己有並讓世界毀滅，屆時眾神就會降下天譴，所以我想應該不會發生最壞的情況哦。」

說到這個，神確實存在於這個世界呢。

不過，嗯，還是留意不要對任何人透露好了。

——我將這點牢記在心。

妖精遊戲

「我是佐藤。成為社會人士之後，能夠按照月曆放假的日子就減少了。相對地，在開發結束後的充電休假期間裡總覺得對開始度長假十分感興趣。」

「海克力士弟弟，抓到啦————！」

餘留晨靄的綠油油森林裡，迴盪著亞里沙活力充沛的聲音。

今天我們預計和精靈們一起前往打獵。由於提早抵達了碰面的場所，那些約好的精靈們還未過來。

每當打獵時總是負責留守的亞里沙和露露，今天聽說獵場前方的景色很漂亮，我於是帶著她們一起過來。

有了術理魔法「理力之手」和「物理防禦附加」，就算發生一般意外我應該也能保護她們才是。

特別是後者，即使身穿單薄的服裝也不會被草割傷腿，或者因沾到樹汁而導致手部潰爛，實在非常方便。

理論上就連比基尼鎧甲也能辦到，不過很可能會遭到同伴們輕蔑的目光，因此我就沒有開口了。

所以，同伴們今天都身穿森林探險隊樣式的相同服裝。

那麼，這個暫且不提，亞里沙究竟在做什麼呢？

利用空間魔法「短距離轉移」從樹上返回地面的亞里沙，這時將輕而易舉超過了三十公分的獨角仙遞到我面前。

看起來的確很酷似海克力士長戟大兜蟲。根據ＡＲ顯示，似乎是名叫「波爾艾南槍角甲蟲」這一品種的獨角仙。

跟我在一起採集鴨兒芹的露露和娜娜也抬頭望向亞里沙，在了解她手中拿著的是昆蟲後便喪失興趣，繼續回去採集野草。

「怎麼樣，很厲害吧？」

我還來不及責備這種小學男生般的行動，小玉和波奇兩人便紛紛稱讚亞里沙。

「好大～？」

「很厲害喲！波奇也不會輸的喲。」

莫名提起幹勁的小玉和波奇迅速爬上了附近的樹木。

雖然經常看見小玉在樹上睡午覺，但波奇爬樹還是我第一次見到。

「抓到了～？」

小玉抓到了體型足以和亞里沙捕獲的獨角仙媲美的鍬形蟲，然後在空中翻滾一圈降落至地上。

亞里沙一臉正經地喃喃說著：「貓在空中翻滾嗎，從今以後是不是該叫她貓老師呢？」這大概又是謎一般的昭和年代典故了。

「唔嚕嚕，小玉動作很快喲。」

待在樹上心有不甘的波奇好像發現什麼，跳向旁邊的樹枝將腦袋鑽進樹洞裡。

從這裡可以看見那尾巴劇烈擺動的樣子，想必是找到獵物了。

「好，束手就擒喲！」

伴隨彷彿「咕啵」真空聲的力道，波奇將身體拔出樹洞，就這樣順勢往後方跌落。

「哇啊啊啊啊——喲？」

尖叫的途中我伸出「理力之手」抓住波奇，將其引導至我的雙臂裡。

「要小心一點，不然很危險的哦。」

「對不起喲。」

沮喪的波奇無力地垂下耳朵。

「波奇抓到了什麼樣的昆蟲呢？」

貼心的亞里沙從探頭至下方詢問波奇。

「是這個喲！」

「噁！妳……妳怎麼會抓這種東西啊。」

亞里沙有些退避三舍地向後退去。

這時，由莉薩在前帶路的精靈們抵達了。蜜雅也跟在一起。

「珍饈。」

「特產。」

「很少有人在這種時期抓到呢。這個要先蒸過之後再燉煮，不過人族似乎不太常食用。把裡面的稠狀物用湯匙舀起來吃非常美味哦。」

見到波奇手中拿著的獵物，精靈們陳述了肯定的意見。

對於一條小狗般大小的毛毛蟲，真想不到他們會做出這樣的發言。

居然連這種怪東西也敢吃……真不愧是長壽種族呢。

那麼，等待的精靈們都已經到齊，這就動身前往打獵吧。

「喵～喵喔～！」

「汪汪汪────喲！」

小玉和波奇的吶喊聲穿梭在森林的樹木之間。

利用高大樹木所垂下的藤蔓，小玉和波奇就像泰山一樣不斷從大樹的樹枝飛越到另一根樹枝。

「主人，接下來換我──這麼告知道。」

頂著凜然的無表情轉過頭來，娜娜手抓藤蔓注視這邊。

旁人或許看不出來，其實今天的娜娜跟小玉和波奇一樣都很雀躍的樣子。

「我……我看，我還是讓主人背著──」

至於自己一個人抓不住藤蔓的亞里沙，我將她固定在用「身體強化」的理術強化之後的娜娜後方背架上一起移動。

亞里沙還沒說完，迫不及待的娜娜便出發了。

「──呀啊啊啊啊啊啊啊啊！」

背在娜娜身後的亞里沙發出尖叫，迴盪在森林的樹木間。

「主、主人──」

見到尖叫的亞里沙，露露臉色蒼白地顫抖著。

「不用擔心哦。我可以用魔法把妳抬起來，還能像這樣子抱著妳飛。」

為了讓她放心，我用「理力之手」將其稍微抬高，再橫抱著露露一起以「天驅」飄浮在空中。

「哇啊，這麼突然。」

露露在我懷裡紅透了臉。

她最近似乎漸漸習慣了和我的肢體接觸，不過面對意料之外的情境似乎還有一些不適應的樣子。

這一點實在很像她妹妹亞里沙呢。

「姆，佐藤。」

「回程的時候再帶著蜜雅妳吧。莉薩，蜜雅拜託妳了。」

「是的，主人。」

我朝蜜雅和莉薩揮揮手，然後往先行出發的精靈及同伴們的方向跳出。

「呀啊啊——」

跳出去的下一刻便嚐到了遊樂園急流泛舟一般的血液消退感，遲了一些後又開始享受彷彿鐘擺的加速方向變化及風壓拍動頭髮和衣服的樂趣。真是爽快極了。

話雖如此，露露卻無心享受這些樂趣。她壓抑著尖叫，拚命緊抱住我的身體。

見到那副模樣，我不禁湧上一股想要模仿小學生那樣假裝鬆開手嚇唬對方的幼稚心態，但要是因為這種小孩子的行為而辜負露露的信任也太過愚蠢，所以就自我約束了。

從這棵樹跳到另一棵樹，不久我們變抵達了森林的中斷處。

「啊，大地真是太美妙了。」

先一步抵達的亞里沙正坐在地面喃喃自語著。

另一方面，享受著移動樂趣的小玉、波奇和娜娜三人則是面帶光彩的笑容。還是叮嚀一下她們不要太過激動免得失敗好了。

「妳不要緊吧，露露？」

我向落地之後仍不肯離開的露露出聲問道。

由於緊貼著身體，露露劇烈的心跳也傳遞而來。

看來她大概很害怕吧。

「是……是的。胸口還怦咚怦咚的，不……不過沒問題。再……再繼續保持這樣一下子……」

露露將臉埋在我肩膀上導致我看不到她的表情，但抓住我的手指仍在顫抖，所以再讓她多調適一下吧。

「唉呀呀～？唉呀唉呀，唉呀～？」

亞里沙從下方偷偷觀察恐懼的露露，然後露出不懷好意的笑容，「啪啪」地拍了拍對方的腰部。

「露露姊？妳不是心臟噗通噗通，而是胸口在怦咚怦咚——」

亞里沙用「順風耳」技能勉強才能聽見的音量小聲對露露這麼說道。

「亞……亞里沙，不要說了——！」

紅透臉的露露就像同極性的磁鐵一般離開我身邊，撲過去以柔軟的纖手想要塞住亞里沙的嘴巴。姊妹的感情這麼好真是令人高興。焦急的露露也很可愛呢。

「——嗚嘔——」

感覺亞里沙好像被勒住了脖子，不過她身懷無詠唱的短距離轉移，所以繼續放任她們姊妹倆的肢體接觸應該也沒問題吧。

「佐藤。」

回頭望向呼喚我的聲音，只見莉薩背著的蜜雅正在揮著手。

最後出發的莉薩她們似乎也抵達了。蜜雅好像已經習慣被別人背著，總覺得表情相當從容。

走出森林後，前方是一處旁邊有清澈湖泊的高原。

湖畔盛開著花，各式各樣的蝴蝶彷彿和花朵爭奇鬥艷一般展開翅膀飛舞著。

高原上有好幾群野牛在吃草，實在是氣氛相當悠閒的場所。

「蝴蝶～漂亮～？」

彷彿真正的貓一樣擺出前傾姿勢，小玉搖著尾巴發動突擊和蝴蝶們一起玩耍。

儘管不斷向蝴蝶伸出手，小玉起碼還很有同情心地不去傷害蝴蝶翅膀，所以我也不出聲斥責默默觀望了。

平時總是和小玉一起行動的波奇看似心癢癢的樣子卻仍安靜待命著。

「波奇妳不去嗎？」

「如果到花兒的旁邊，就聞不到獵物的味道，所以不行喲。」

原來如此，說到這個今天的主要目的是打獵呢。

「安全。」

「稍作歇息。」

精靈們這麼喃喃說道。

還是老樣子，精靈使用單一詞彙的發言讓人聽不太懂。

「古亞，基雅，今天並非只有長年在村裡一起生活的人，所以要把話說完整才行哦。」

「交給你。」

「信任。」

長文精靈少年這麼告誡兩人，但短文精靈們好像覺得重說一遍太過麻煩，做出了將一切丟給對方處理的決定。

順帶一提，長文精靈的名字叫比西羅托亞，似乎通稱為比亞。

「真拿你們沒辦法……」

對於兩人的態度，長文精靈也只是聳聳肩膀了事。

「這裡是安全地帶，不存在有毒生物，湖裡也沒有危險的生物。」

我為了保險起見試著搜尋地圖，發現就如他所說沒有蛇或毒蟲，就連肉食動物和性情暴躁的動物也不存在。

不過，有件事情必須要確認一下才行。

我指著生長在湖中央掉光葉子的樹木，向長文精靈問道：

「那裡的『古老樹人』不用理會沒關係嗎？」

「嗯，沒問題。不過，真虧你看得出那是樹人呢。一般人經常都會誤認為是樹木——基本上他們只是待在那裡，所以不用在意哦。」

樹木的樹幹中央有好幾個洞，看起來有點像老人的臉。

未察覺樹人存在的同伴們紛紛騷動道：「不會吧？」「真的嗎？」

「在湖岸升火會不會惹他們生氣？」

「不要緊。如果把油到進湖裡的話就另當別論，不過他們還不至於好奇到會在意湖岸的火光。」

其生態基本上好像就跟普通的樹木沒有兩樣。

雖然很想跟他們交談一次看看，但對話所花的時間大概會比巨人們還要久吧。

解決了疑慮之後，我從地面撿起弓和箭筒向精靈們點點頭：

「那麼，我們走吧——」

「等等。」

「水石。」

兩名短文精靈制止我，然後走向湖泊。

「■　喚水。」

短文精靈基雅小姐進行了類似精靈魔法的詠唱之後，湖面晃動，散發水色光輝的塊狀物浮現出來。根據ＡＲ顯示，那似乎就是「水石」。

透過精靈視觀看後，可以得知水之精靈們正附著在「水石」上將其引導至湖岸。

「必要。」

「解體。」

基雅小姐撿起來到湖岸的「水石」，注入魔力並讓我觀看「水石」冒出水的樣子。看樣子是用來解體獵物的。

「那麼，我們就出發了。」

「要抓到大獵物哦！成績最好的人可以得到花冠和亞里沙的香吻作為獎勵哦！」

站在花園旁邊所準備的露營組上面，亞里沙擺出奇怪的姿勢加油打氣。

雖然未說出口，不過我很想告訴她那種海盜雙人組的姿勢要胸部大的人來做才會看得懂。用這種上個世紀的典故未免也太舊了一點。

「這一帶有些寒冷，我來準備暖和的熱湯吧。」

「請讓我製作主人專用的花圈——」這麼承攬道。」

——又不是開幕紀念，製作花圈幹什麼呢？

撇開這樣的吐槽不提，喜歡花圈的娜娜似乎也加入了和露露及亞里沙一起留守的這一班。

帶著獸娘們和蜜雅，我跟在精靈們後方從營地啟程了。

「主人，發現了角很雄偉的野牛群。」

「好多牛～？」

「吃不了那麼多喲。」

雙眼閃閃發亮的獸娘們發現了在高原上成群聚集的波爾艾南大角牛。有點像美洲野牛體型的野牛們食慾很旺盛，正在吃著草。

距離這裡大約有一百公尺，使用短弓的話勉強還在射程內。

為了不讓作戰會議的聲音被野牛察覺，一名精靈架起了風魔法的隔音結界。

「控制數量。」

「十。」

由於聽不懂短文精靈們想說什麼，我於是望向長文精靈尋求解說。

「這一帶在波爾艾南之森當中是肉食動物特別稀少的場所。要是放著不管，沒有天敵的野牛群就會過度增加而將植物的新芽吃光。所以，今天狩獵的目的是為了將牠們控制在一定的數量以下。在那些受驚嚇後逃跑的野牛當中，我們打算獵取其中速度較慢的十頭。」

原來如此，是把這段長文省略成了兩個詞彙嗎。

實在是深奧極了。

「蜜雅！」

就在決定好分工，準備開始打獵之際，有個似曾相識的精靈少年跑了過來。

記得他應該是蜜雅的青梅竹馬格亞。雖然從這個名字聯想很不禮貌，但我實在很想品嚐久違的炒苦瓜。畢竟以前公司附近有一家很美味的餐廳呢。

「格亞？」

向這麼詢問的蜜雅亮弓點頭之後，他猛然瞪著我喊出一聲：「比賽！」

真希望他能向長文精靈多看齊一下。

「呃——意思是想要比賽用弓箭打獵嗎？」

「沒錯。」

請不要像那樣子用彷彿看著傻瓜的眼神看我好嗎。

普通人光靠一句話也沒辦法了解全盤的意思吧。

「勝負要如何判定？」

「大小。」

嗯，野牛群的首領雖然是最大的，但這樣一來就會偏離本次打獵的宗旨了。

只要在逃得最慢的十頭當中鎖定最大的一隻來射殺就行了吧

「ＯＫ，了解了。」

「那麼，開始吧。拜託古亞你對大家的弓施展『引導之風』，基雅則是用『噪音』魔法來嚇唬野牛。」

「嗯。」

「了解。」

「不用引導。」

「意思是格亞和佐藤都不需要命中修正魔法嗎？」

「嗯，肯定。」

格亞的發言讓長文精靈一臉困擾地望向這邊，我於是朝對方使了一個「沒問題」的眼色。

就算格亞射偏，只要我、蜜雅還有長文精靈三人將其射倒就沒問題了。

畢竟就連僅僅活了一百三十年的蜜雅都是優秀的射手，超過千歲的長文精靈想必輕鬆就可命中吧。

我將作戰的概要淺顯易懂地轉達給獸娘們，並提醒她們不要被發出大音量的魔法嚇到。

她們預計將要突擊野牛，所以已經將探險隊服飾換成了鯨魚皮甲。

「開始了。■■……」

短文精靈古亞先生開始詠唱咒語，遲了一些後基雅小姐也開始詠唱。

我和蜜雅把箭搭在短弓上。

包括格亞在內的其他精靈們似乎都是使用長弓。精靈們的長弓連同蜜雅自己的都點綴有雅致的浮雕及裝飾繩結，整體做工非常高雅。

根據ＡＲ顯示，每一把弓似乎都是具有命中及射程修正的精靈製妖精弓。

我手持的並非在巨人之村獲得的魔弓，而是自行製作的打獵用短弓。雖然沒有特別的修正效果，但在一百公尺的近距離之下狩獵也用不到那種東西吧。

「……■　引導之風。」

古亞先生的咒語完成後，蜜雅和長文精靈的周圍頓時生出颳向野牛的風。

「——就是現在！」

「……■■■　■　噪音。」

長文精靈發出信號的下一刻，高原上響起了基雅小姐的魔法所製造的轟鳴聲。

吃驚的野牛們縮了一下身體，隨即跟著前頭的首領開始逃跑。

「妳們兩人，要出發了哦。」

「呵呵～？」

「波奇出發了——喲。」

獸娘們以脫兔也為之遜色的速度從草叢裡跑出來。

她們的任務並非追趕，而是負責對尚未斃命的野牛給予致命一擊。

波奇「咻噠噠噠」地跑在前方。中途雖然跌倒而滾了一圈卻毫不停歇，就這樣靈活地恢復至奔跑姿勢。

真是相當驚人的復原能力。

「好快。」

「敏捷。」

剛剛還在詠唱的精靈從箭筒中取出箭枝，一邊稱讚獸娘們。

在我以眼角餘光關注著獸娘們的期間，周圍的精靈們開始射箭了。

這倒是無所謂，不過格亞稍微太用力了點。箭雖然可以命中，但這樣一來只能讓獵物受傷而無法使其斃命。

我自己則是預測那些精靈們未盯上的野牛未來行動的位置並射出箭枝。這種距離下必須考慮到風的流動，所幸用不著連空氣密度和溫度差也考慮進去，所以十分輕鬆。

我連續射出五支箭，然後眺望其他人射出的箭以確認有無漏網的野牛。

「姆。」

「身手不錯。」

剛才詠唱咒語的兩人原本要拉弓搭箭，但隨即就鬆開了手。

這兩人大概都可以判斷出箭的軌道吧。

從ＡＲ顯示看來還有好幾頭牛活著，然而跑上前去的獸娘們正陸續用短劍和小劍劃破野牛的喉嚨給予致命一擊。看起來很殘忍，不過要是就這樣放任其痛苦死去，會導致肉的風味下降。

「——波奇！」

「哇啊啊啊啊——喲。」

原本應該被蜜雅打倒的公牛突然爬起來，用角把波奇頂上空中。

體重很輕的波奇就像球一樣被拋出半空中。

我下意識跑出了草叢，中途卻透過ＡＲ顯示確認了波奇沒有受傷。畢竟對上設計於魔族戰當中使用的鯨魚皮甲，野牛的角是不可能刺穿的。

我在放心的同時偷偷伸出「理力之手」保護波奇不受墜落的衝擊。

「狂牛～？」

騎在公牛脖子上的小玉緊緊抓住角展開了鬥牛。

萬一小玉受傷就很危險，好不容易來到旁邊的我於是也在小玉後方騎了上去。

「主人～？」

「我來扶著妳，快攻擊公牛的脖子。」

跟鬥牛機完全是另一種境界的動作讓我差點咬到舌頭。

「系系～」

我抓住公牛的角向後拉扯，然後以「理力之手」支撐小玉的身體。

小玉咕溜地滑過公牛的脖子，讓短劍沿著喉嚨前進給予公牛致命一擊。

「南無～？」

為了不被捲入公牛倒下的方向，我抱著祈禱對方安息的小玉跳下公牛的背部。

現在的我應該沒問題，但要是換成普通人的話，被超過一噸重的公牛壓到可不是骨折就能了事的。

「沒有受傷嗎？」

「不要緊喲。」

憂心忡忡跑來的莉薩幫忙確認波奇有無受傷。

這時，精靈們也過來了。

「腳程快。」

「魔法？」

我已經避免使用縮地，但由於太擔心波奇而展現出奔跑的真正實力，結果好像讓精靈們嚇到了。

以銳利目光確認獵物的長文精靈恢復笑容，轉向了我這邊：

「你真厲害呢，佐藤。精靈當中也很少有人擁有這樣的身手哦。」

「無魔法。」

對於出言稱讚的長文精靈，抱住我手臂的蜜雅又擺出勝利V手勢這麼補充道。

「說得也是，至於沒有魔法的修正卻能如此迅速準確地命中目標，除了你就找不出任何人了哦。」

或許是因為長文精靈誇大地稱讚了我而感到心滿意足，蜜雅開心地用腦袋磨蹭著我的手臂。

V獲得稱號「弓聖」。

哦，最終獲得了新的弓系稱號。

「下……」

回頭望向喃喃的聲音，只見格亞眼角浮現淚水，整個人顫抖著。

看到對方頂著中學生般的容貌表現出如此悔恨的模樣，總覺得自己好像做了什麼壞事的樣子。

「下次，不會輸！」

這麼大叫後，格亞絲毫未確認結果就跑掉了。

「青澀。」

「加油。」

短文精靈們目送著格亞離去的背影。

射殺的數量為我的六頭、長文精靈三頭，還有蜜雅的一頭。由於沒有格亞所射殺的野牛，所以好像根本用不著確認了。

只射出五支箭卻解決了六頭，是因為其中貫穿的一支箭連帶解決了在旁邊奔跑的另一頭野牛。

另外，體積最大的公牛則是蜜雅射殺的。

男生總是希望隨時隨地都能夠被喜歡的女生所崇拜，所以格亞並非因為輸給我，說不定主要是輸給了蜜雅才會悔恨落淚的吧。

「好，先來放血吧。把野牛抬起來。」

「了解。」

「知道。」

短文精靈之一用「填土」魔法讓野牛的身體傾斜以協助放血。

另一名短文精靈則是以「植物操作」魔法來控制雜草藉此抬起野牛。

凡事都用魔法來處理，真像是精靈的作風。

在放血後的野牛解體作業中，獸娘們展現了三頭六臂的本事。

精靈們好像打算把除了上等肉和部分以外的內臟都埋起來，但由於獸娘們強烈地要求

「把這些丟掉的話太浪費」而決定把能吃的部位全部帶走。

搬運肉類的方式似乎是裝進精靈製的大容量樣式「魔法背包」裡運送的。

據說長文精靈認識會製造的人，所以他保證會在逗留期間幫忙拜託對方替同伴們每人製作一個「魔法背包」。

◆

「可愛～」

「非常非常Cute喲。」

返回留守組的所在處之際，一群花之妖精們出來迎接我們。

是頭戴花冠，在綁成辮子的頭髮裡也插上花朵裝飾的亞里沙、露露和娜娜三人。

「呵呵～很好看吧？」

「主人，希望評論和稱讚。」

「嗯嗯，非常可愛哦。簡直就像花之妖精一樣。」

我向擺好姿勢催促我誠心誇獎的亞里沙和露露說出了稱讚之語。

「露露也是，讓我看得更仔細一點。」

「是……是的……」

「配上露露妳漂亮的黑髮很好看哦。」

撫摸露露看似難為情而低下的臉頰，我將她的臉向上抬起。

難得打扮得這麼可愛，得讓多一點人欣賞才是。

「小玉也要當花之妖精～」

「波奇也要當妖精喲。」

請亞里沙幫忙裝飾花朵的兩人笑得很開心。

相較於探險隊的打扮，今天同伴們的服裝真應該換成妖精風格的角色扮演服飾才對。

「重點在這裡～？」

小玉高興地指著自己的耳朵。

因頭髮太短而無法綁辮子的小玉，在耳朵上裝飾了較大的一朵花。

「亞里沙，我想我不太適合戴花……」

「稱讚。」

「大家都很可愛哦——」

莉薩和蜜雅的態度截然相反，但我仍一視同仁地稱讚她們。

就連謙虛自稱不好看的莉薩，也像個花之公主一樣可愛。

——不過，請不要連我也一起也拿花裝飾好嗎？

話雖如此，我這番內心的想法在一臉開心的亞里沙和露露面前始終說不出口。

「好看～」

「非常Beautiful after喲。」

小玉在被當成玩具的我周圍輕快地蹦蹦跳跳。

波奇的發言把許多東西都混在一起，要吐槽的話也太過殺風景，於是我決定扮演人偶任憑她們擺布了一個小時左右。

「異想天開。」

「不可思議。」

結束模特兒人偶的工作，我開始準備午餐之際，短文精靈們望著我製作的釜這麼喃喃說道。

——有那麼奇怪嗎？

「大概是利用『理力模具』衍生的魔法製作而成。這種普通的釜還另當別論，像這個密閉型的釜就很有趣了。」

長文精靈望著燉煮牛筋的釜一邊講述道。

「哦——還附有可以任意調節火力的熱源呢。」

這種浮在空中的透明釜是用「理力模具」製造出來，由於可完全密閉所以能夠當作壓力鍋來使用。

除了用來調理筋肉的這個釜，還有另外一個正在那邊煮飯。

「一般要是這麼使用的話，模具很快就會崩潰的呢。」

「特製。」

對於傻眼般自言自語的長文精靈，蜜雅用鼻子猛然呼出氣來這麼自豪道。

倘若這是漫畫，蜜雅頭上大概會標示出「嗯哼！」的狀聲吧。

「主……主人，樹！」

前往湖邊清洗蔬菜的露露大聲呼喚我。

「樹人居然會動，真是罕見呢。」

如長文精靈所言，嚇到露露的正是不知什麼時候靠近岸邊的樹人。

『呀呼——』

樹人伸出枯木般的手臂，其手掌上出現了綠色的小女孩——樹精。

「蜜雅，D陣形。」

「嗯，警戒。」

見到毫不客氣地揮手的樹精，亞里沙和蜜雅在我面前猛然展開雙手進行防禦。

那種陣形是什麼時候決定的？

『唉呀呀，我被幼子討厭了嗎？』

阻擋在前的蜜雅，其態度讓樹精露出些許悲傷的表情。

「怎麼了，樹精？」

『樹人他們說有事要找人族，所以我就過來幫忙翻譯了哦。精靈自然不用說，誰叫人族還沒有長壽到可以和樹人交談呢。』

面對長文精靈的問題，樹精這麼回答道。

好像是因為我使用魔法的時候所產生的魔力餘波讓樹人們起了反應。

平時我都用剛學會的魔力控制來防止魔力外洩，但似乎沒能顧及到魔法施展時。要努力改進了。

「那麼，找我有什麼事嗎？」

『樹人們已經到了發芽的季節，所以希望你在湖中注入魔力。』

「姆姆姆。」

「吃力的工作。」

聽了樹精的回答，兩名短文精靈厭倦地皺起眉頭。

「樹精，妳也知道雅潔大人目前很忙吧？魔力充裕的精靈們也因為要幫雅潔大人而沒有餘力。幫我問問樹人，能不能至少延後一年左右。」

不知道長文精靈所說的「發芽的季節」是什麼的暗語，不過延後一年聽起來實在很慢吞吞。

『所以他們要拜託的不是聖樹，而是人族哦～』

要提供魔力是無妨，但是跟小女孩接吻的話就敬謝不敏了。

「好啊，該怎麼做呢？可以的話最好是接吻之外的方法。」

亞里沙和蜜雅聽了我的回答後滿意點頭，其他精靈們卻不約而同地臉色發白。

「魯莽。」

「自尋死路？」

「佐……佐藤，樹精她根本不知道事情的嚴重性，倘若雅潔大人和巫女們不在場而進行魔力轉讓，你會整個人被吸乾哦。」

『討厭——是人族的話就不用擔心哦。』

——喂喂。

樹精這傢伙，居然沒有否定長文精靈的發言。

從以往的情況來考量，我的確很有可能一直被吸取了超過普通人上限的魔力。

『那麼，直接注入湖中的話效率太差，先等我一下——』

樹精轉身面對樹人的方向，沉默了好一會。

想必是正透過植物網路之類的東西在進行交談吧。

或許是達成了某種協議，樹人沙沙地擺動樹枝，將兩根小樹枝丟進湖裡。

嘩啦的聲音傳入耳中。從意外響亮的水聲聽起來，看似小樹枝的東西似乎是可以當作房屋柱子的粗枝。

『以這根樹枝作為媒介，對湖中注入魔力吧。』

「知道了。」

我獨自撿起來到岸邊的粗枝。

不知移動樹枝的究竟是樹精或樹人，但省下了我拜託蜜雅使用水魔法的工夫。

「要開始了。」

『Come on——』

告知一聲後，我便開始注入魔力。

為了不讓作為媒介的樹人樹枝斷裂，我留意著魔力的注入量。

『YES！YES——！』

「吵死了！」

樹人粗俗的吆喝聲讓亞里沙發飆，將腳邊的堅果朝著樹精丟去。

室內派的亞里沙所擲出的堅果往錯誤的方向飛去。

畢竟平常沒有丟習慣的話，往往都無法一直線擲出呢。

『明明就是很可愛的加油聲——』

即使如此，還是發揮效果制止了樹精的喝采，所以結果算圓滿了。

話說回來，這比想像中還要困難。無論注入多少魔力，始終有種魔力從湖面洩出的感覺。

由於太過浪費，我於是將魔力分割操作，在湖面架起一層蓋住魔力的薄膜。這樣應該就萬無一失了。

就在我喪失大約一半的魔力之際，整座湖開始發出柔和的亮光。

『ＯＫ，已經可以了哦。』

「……真是厲害呢。就算是雅潔大人，要讓魔力飽和也得花上十天的時間……」

儘管做得有些過火，但雅伊艾莉潔小姐和精靈的高層人士已經知道了我超乎常人的事實，所以對精靈們展現些許實力並無不妥。

畢竟他們和波爾艾南之森外面好像沒有太多交流的樣子。

「看那個～？」

「湖的樹變成春天了喲！」

原本像枯樹一般的樹人們開始從樹枝長出新芽，轉眼間就開出花朵，逐漸結成金黃色的果實。

原來如此，這無疑就是「發芽的季節」了吧。

『人族，這是樹人給你的謝禮哦。』

我從樹精那裡接過了松果一般外觀的木珠。

「樹靈珠。」

「便利。」

「這是可以作為『森魔法』觸媒的貴重物品哦。即使沒有『森魔法』的天分，只要注入魔力並動念的話就能促進植物的生長，彎曲或拉長木材等等。」

哦哦，這在製作木工的時候好像會很方便。

「謝謝你，樹人。」

我在高興之餘下意識開口道謝。

樹精見狀後張開彷彿快要占據整張臉的大口捧腹大笑。

『啊哈哈哈哈，收了謝禮還答謝，人族真是有趣呢。』

待笑得心滿意足之後，樹精便在樹人的手掌中消失了。

樹人也沙沙地擺動枝葉往湖的中央離去。

∨獲得技能「園藝」。

∨獲得稱號「園丁」。

∨獲得稱號「樹人之友」。

∨獲得稱號「古老樹人之友」。

∨獲得稱號「萌芽的推手」。

不經意確認紀錄後，除了名符其實的稱號外，還獲得了有些莫名的技能及稱號。

先不說這個──

「這根樹枝該怎麼處理才好呢？」

「你可以收下哦。畢竟是很適合製作魔法杖的素材，而且又注入過足以讓整座湖飽和的魔力，想必樹枝內部應該已經產生魔力迴路了吧。」

長文精靈答應我，下次會幫忙介紹製作法杖的名家。

由於露露也從黑龍那裡獲得了黑金色的荊棘，所以這是個好機會呢。

——差不多可以了吧？

穿插了這樣的突發事件期間，釜內的調理進度好像也是時候了。

我在釜的下方擺放大鍋，解除魔法將筋肉移入鍋內並和洋蔥一起燉煮，逐步進行調味作業。

「主人，食材已經準備好了。」

「這邊也準備完畢了。」

我利用露露和莉薩兩人幫忙準備的蔬菜及內臟，手腳俐落地製作副食。

由於小玉和波奇在森林裡取得了蛋，所以我決定專門為蜜雅準備放滿了香菇以及豌豆的蛋包飯。

「蜜雅，請把繪製愛心圖案的任務交給我——這麼告知道。」

「兔子。」

「接受任務。」

完成後的蛋包飯上，娜娜似乎要用番茄醬來作畫。

「嗯～好香。這應該就是那個吧？」

「這個可是驚喜哦。」

聞到鍋子裡飄出的醬油香味，亞里沙一副迫不及待的樣子靠了過來。

在她身旁，獸娘們也陶醉地瞇細眼睛。

我將完成後的蓋飯擺放在精靈們以魔法準備好的桌子上。

接著，大家就像往常一樣在亞里沙「開動了」的口號下開始用餐。

「嗚哈——超好吃的！好久沒吃到牛肉蓋飯了！」

眼角浮現淚水的亞里沙將肉連同白飯塞滿整個嘴巴。

就連平時都會責備對方吃相太難看的露露也用溫柔的眼神關注——不對。她頂著不遜於莉薩的認真表情一口一口地仔細咀嚼著。

不僅如此，中途似乎還想到了什麼一邊在做筆記。真是太熱心研究了。

「美味～Very美味～」

「美味把裡面塞得滿滿的喲！」

吃了一口特大號牛肉蓋飯裡面的肉，小玉和波奇都揮舞拳頭開心叫道。

波奇甚至就連尾巴也不斷來回晃動著。

「真美味。」

莉薩在深受感動的同時喃喃說出了感想。

「美味得跟漢堡排不分軒輊——這麼向主人報告道。」

「不會輸。」

對於稱讚牛肉蓋飯的娜娜，蜜雅強調著蛋包飯也不會遜色以進行對抗。

「哇啊～什麼？好香的味道！喂，你們在吃什麼呢？」

「牛肉蓋飯。」

透過轉移現身的雅伊艾莉潔小姐向短文精靈之一這麼問道。

雅伊艾莉潔小姐的身後還可見到巫女露雅小姐的身影。

「還有很多，大家請一起享用吧。」

「謝謝你，佐藤。」

雖然不知道對方有什麼要事，但吃飯時人多一點終究比較愉快，所以我也將牛肉蓋飯親手交給一臉很想吃吃看的雅伊艾莉潔小姐。

由於製作了很多分量，就算多出了兩、三個人也沒有問題。

「哇啊！真好吃——～」

「真是的，雅潔大人……對了，比亞。我們是聽樹精說『樹人們已經到了發芽的季節』才會匆忙過來的。」

面對巫女露雅的問題，長文精靈比亞先生僅僅指向長出「黃金果實」的樹人當作回答。

看樣子，平常話多的他也選擇了優先享用牛肉蓋飯。

「……不會吧，為什麼會有黃金果實？發芽居然已經結束了！」

「佐藤。」

見到巫女露雅小姐吃驚的模樣，短文精靈之一指著我代替回答。

大家真的只顧著吃牛肉蓋飯了。

「佐藤先生做了什麼嗎？」

「我只是受樹精之託提供了魔力而已哦。之前石舞台上學到的防止精靈光和魔力外洩的方法都派上了用場。」

「只是提供魔力而已……」

我也向茫然自語的巫女露雅小姐提供了牛肉蓋飯。

雅伊艾莉潔小姐吃飯時喃喃說著「真不愧是佐藤呢」一邊還掉出飯粒，結果遭到露雅小姐的訓斥。

一旁的短文精靈好像正在用手帕幫忙擦拭。

正準備將牛肉蓋飯送入口中的巫女露雅小姐見狀後停下動作。

「——啊！現在不是吃東西的時候了哦，雅潔大人！既然樹人的問題已經解決，我們得趕快回去才行！」

「嗯嗯，才進行一半而已——」

被巫女露雅小姐拉著手，雅伊艾莉潔小姐整個人被帶進轉移用的「妖精之環」裡消失了。

就算再怎麼爆肝的作業，好歹也先吃完再走嘛……

望了一會兩人消失的「妖精之環」，我聳聳肩膀振作起精神。

那麼，我也來開動吧。

首先從肉開始好了——嗯，調理時間較短，但柔軟的肉光是牙齒稍微出力就可以完全咬斷。

至於最重要的味道方面，每咬一口就混合了肉的美味及醬汁的甘甜，實在是美味極了。

這種味道簡直會讓人想要規劃遍布全國的牛肉蓋飯連鎖店。

一邊想著這些事情，我這次連同表面些許褐色的洋蔥也一起吃下。

略微殘留的清脆感和洋蔥的甜味形成了恰到好處的平衡。

剛才已經認為是無比美味的肉，又被洋蔥的甜味提升到了更高的層次。

最後，我連同白飯一起送入口中——

真好吃。

——其完成度讓我一時之間僅能冒出這樣的詞彙。

肉、洋蔥、米、還有擔任幕後功臣的醬汁。

這些融為一體後演奏出來的牛肉蓋飯交響曲，如今就呈現在此——

「紅薑一點都不紅！」

我差點快要飛入異次元的大腦，被亞里沙的呼喊聲拉回了現實。

危險危險。由於好久沒吃牛肉蓋飯，一不小心情緒就太過亢奮了。

「等弄到紅紫蘇或紅色食用色素，我會再染紅的。」

使用紅紫蘇的話，好像會變成有些紅紫色吧？

「有。」

「妮雅。」

「妮雅小姐有紅紫蘇或紅色食用色素嗎？」

「對。」

我漸漸能夠了解短文精靈們大致想說些什麼了。

廚師妮雅小姐還要討論如何籌措咖哩用的香料，所以到時候再詢問吧。

我向提供情報的精靈們致謝，然後應亞里沙的要求幫她把紅薑切細。

就是牛肉蓋飯連鎖店裡常見的那種切法。

我也抓了一把放入口中以清除餘味，接著專心解決剩下的牛肉蓋飯。

果然牛肉蓋飯還是要有紅薑才行。

◆

「為什麼呀——！」

亞里沙用語調怪異的假關西腔這麼大叫。

結束打獵並返回精靈之村的我們，為了沖洗身上的汗水而來到了位於地下都市的公共浴場。

在公共浴場的入口處，亞里沙見到寫有「男」和「女」的門簾後便大聲叫道。

「難得可以跟正太混浴——對了，像這種時候，只要預約家族浴池就行了！」

「家族浴池？」

「沒有。」

亞里沙頂著想到好主意的表情回過頭來，但兩名短文精靈卻左右搖頭否定了。

說到這個，我們自從大河沿岸的露天浴池以來就沒再混浴過了。

在穆諾男爵領和公都都是一人大小的浴槽，所以大家是輪流洗澡的。

「那麼，我們就過去男浴池吧。」

我向男精靈比亞先生及古亞先生兩人這麼出聲，然後穿過了男浴池的門簾。

現在才發現，精靈的男性名字以「亞」結尾，女性則是都以「雅」結尾的。

忽略亞里沙的悲嘆叫聲，我催促同伴們進入女湯。孩子們想要跟來，但今天還有其他男性也在場，所以我就狠下心來禁止了。

精靈們入浴的時候似乎沒有身穿泡湯衣的習慣，於是我也就抱著「入鄉隨俗」的精神帶著一條毛巾踏入浴場。

或許是時間還早，浴場內好像只有我們三個人。

「這種碗狀的果實是肥皂的替代品嗎？」

看起來有點像胸部的形狀，那想必是因為我的心靈太汙穢的緣故。

「那是大作進行品種改良的肥皂果實哦。好像叫作『奶子』肥皂吧？」

比亞先生唯獨在「奶子」的部分是用了日語發音。

看樣子，心靈汙穢的人應該是勇者大作才對。

他到底在幹什麼啊……

在有些莫名倦怠的同時，我接受兩名精靈的要求幫忙他們洗背。和外表是少年的精靈們待在一起，讓我不禁回想起以前和年幼的堂兄弟們一起洗澡的時候。

由於不想使用奶子肥皂，所以我就請對方拿出普通的肥皂。這種肥皂帶有牛奶一般的好聞香味。

最後我將清潔乾淨的身體泡入浴池裡，再把擰乾的毛巾放在頭上。

大浴池果然就是舒服呢～

「大作帶來了許多文化，但還是公共浴場最受歡迎了。」

「洗澡是生命。」

兩名精靈似乎也有同感。

「是浴池──」

「亞里沙，不可以在浴室裡奔跑。」

就在伸展全身享受著泡湯之際，女浴池那裡傳來的亞里沙和莉薩的聲音。

緊接著，又聽見了其他同伴們和精靈基雅小姐的聲音。

熱鬧的女湯傳來的聲音讓溫馨的氣氛更為加溫。

哪天就來製作一下泡湯完要喝的果汁牛奶吧？

「人族的身體果然和精靈一樣呢。」

新進來的一名聲音較高亢的精靈，在淋完熱水後毫不客氣地搓揉著我的上臂。

對於這番不禮貌的行動，我在感覺有些不高興的同時一邊向這位精靈投去抗議的目光。

——奇怪？

對方與肩膀齊高的頭髮被水打濕之後狂野捲髮那樣起伏著。

從那裡垂下目光後，才剛開始隆起的狂妄胸部勇敢地主張著自己的存在，讓世間戀童癖為之垂涎的光景毫不保留地暴露在空氣之中。

真希望對方考慮一下我的心境，起碼在下半身圍個毛巾比較好。

由於超出了喜歡的對象年齡所以我不會對此動情，但感覺挺尷尬的。

彷彿反映了我內心的想法，水蒸氣事到如今才幫忙遮掩住少女的重要部位。

我決定將略微移開的目光拉回她身上，轉而化解我的疑問：

「這裡不是男浴池嗎？」

「——男浴池？精靈之村沒有這種區別哦？」

根據ＡＲ顯示，這位精靈少女名叫波露托梅雅。臉蛋像洋娃娃一般可愛，但說起話來就有些粗魯了。

儘管是不同種族，這種在男性面前赤裸著身體也不覺得難為情的低落羞恥心實在跟蜜雅很像。

「那麼，入口處的門簾怎麼會寫著『男』和『女』的漢字？」

「不知道，那是大作設計的。好像叫什麼『形式美』。」

還形式美咧……

「聽說日本人基本上都是混浴的，難道不是嗎？」

「某些時代或許是這樣沒錯，不過我所在的國家是以男女分開的浴場為主流。」

「哦——真是奇怪，浴池明明是大家一起來享受比較好。」

波露托梅雅小姐一副難以理解的樣子聳聳肩膀。

「波雅大人，酒拿來了。」

怎麼看都像個小女孩的棕精靈，這時端來擺放著裝有葡萄酒的平底杯和玻璃杯的托盤。

不知為何，對方是一身旅館女服務生的打扮。

「少年你也要喝嗎？」

「是的，請容我作陪吧。」

泡在熱水中的波雅小姐，津津有味地將葡萄酒送入口中。

酒名是之前喝過的妖精葡萄酒，屬於甘甜順口的紅葡萄酒。

對波雅小姐的闖入一直毫無反應的長文精靈比亞先生，忽然將手伸向葡萄酒同時一邊交談。

「嗨，波雅。蜘蛛已經獵到了嗎？」

「我砍了個大隻的。至於麻煩的小蜘蛛就交給西亞解決了。」

用手刀做出砍殺手勢的波雅小姐不懷好意地笑道。

這時，一名突破水蒸氣的長髮美少女——不，美少年精靈突然現身，把腳踩在波雅小姐頭上。

他的名字似乎叫西西托烏亞，通稱為西亞。

「妳這馬虎的傢伙。什麼叫『交給我解決了』？在下的刀可不是用來砍小蜘蛛這種嘍囉的。」

「有什麼關係嘛。這樣一來，你也有機會說出『又砍了無趣的東西』這句老掉牙台詞了吧。」

撥開武士語調的西亞先生伸來的腳，波雅小姐這麼出言反擊對方。

「哼，胡說八道。」

忽略波雅小姐的發言，西亞先生逕自泡入浴池。

氣氛有點將會演變成吵架的樣子，但對於兩人來說似乎是稀鬆平常，兩人接下來不再鬥嘴而是開始享受泡湯的樂趣了。

「不……不行，基雅小姐，那邊是男浴池哦。」

「礙事。」

不同於回歸平靜的男浴池，女浴池那邊好像發生了什麼騷動。

繼剛才露露和基雅小姐的聲音，亞里沙及獸娘們的聲音也跟著傳來。

轟咚、嘩啦之類的物體破碎聲和水聲響徹浴場，怒氣沖沖的基雅小姐從水蒸氣的另一端現身了。

和剛才的波雅小姐一樣是光著身子。

倘若我是戀童癖，這想必是非常幸福的光景吧。

「聽說了。」

「是什麼事呢？」

我向姿態威武地站在眼前的基雅小姐遞出毛巾，但她卻沒有伸手接過。

「請……請先遮住前面。」

在我期待水蒸氣開工之前，露露就先用毛巾遮住了基雅小姐的胸部。

露露身穿泡湯衣，但已經被水打濕而變得有些透明。

美少女的不道德姿態讓我差點要轉為戀童癖，但勉強還是保持了理智。

「嗚呵！這裡簡直就是桃花源啊。」

「亞里沙。」

遲了一些過來的蜜雅用毛巾遮蓋住基雅小姐的下半身，然後斥責在自己身旁放棄鐵壁任務的亞里沙。

水蒸氣的另一端可以看見獸娘們及娜娜也從女浴池過來的模樣。

看來全體都在此集合了。

「迷宮，真的？」

基雅小姐再度擠出這句話來。

「如果您是問我們是否準備前往迷宮都市，答案是肯定的。」

聽到我的回答，基雅小姐和其他精靈們都皺起眉頭。

說到這個，在「搖籃」找到的托拉札尤亞先生的手記裡好像寫著「許多年輕人在迷宮裡犧牲了」。

對於精靈們來說，迷宮或許是禁忌之地。

「聽到我們要去迷宮，讓您覺得不高興了嗎？」

「不是，危險。」

我的發言讓基雅小姐搖頭否定。

「冷靜。」

「俗話說欲速則不達，但對方若聽不懂就毫無意義了。」

波雅小姐和武士精靈西亞先生搶在基雅小姐之前插嘴道。

「佐藤，莫非你準備前往迷宮都市賽利維拉嗎？」

「是的，正有此意。」

「魯莽。」

我向長文精靈比亞先生點頭承認，原本保持安靜的短文精靈古亞先生便喃喃道出否定的字眼。

「你們知道迷宮是什麼樣的地方嗎？那可不是輕易就能涉足的場所——」

看樣子，精靈們並非對我們感到不愉快，而是真的很擔心我們。

「等……等一下，是我們拜託主人，表示想要去迷宮的。」

打斷長文精靈比亞先生的發言，亞里沙強調該負責的人是自己。

「想去迷宮的並非只有亞里沙一人……」

接著連莉薩也表示負責，甚至其他孩子們也說出類似的話來。

不經意望了一眼，只見比亞先生的表情看似變得很認真，於是我讓同伴們先冷靜下來。

「我說點以前的事情吧——」

先讓大家泡入熱水中以免感冒後，比亞先生講述了自己的經驗。

據說在場的精靈們好幾百年前都曾經在賽利維拉的迷宮修行過。

看來他們並非是單純獵殺經驗值效率較差的動物而升上四十幾級的。

「那真是個殘酷的地方。昏暗的迷宮有照亮腳邊的燈火，然而燈火卻是陷阱。」

「光會製造出影子。」

對比亞先生的發言傾頭不解的亞里沙，換成狂野捲髮的波雅小姐向她補充道。

「我們畏懼那些從陰暗處逼近的『影小鬼』，但原以為是安全地帶的地方卻又出現『湧穴』而突然展開了戰鬥。」

「簡直就是地獄啊。」

「精靈微弱。」

我有地圖和雷達所以還沒問題，但對於普通人而言那裡確實就像地獄也說不定。

順帶一提，比亞先生所說的「湧穴」似乎是在遊戲中所謂怪物的產生點，據說牆壁會突然開個洞一股腦兒地湧入怪物。

「發現敵人～？」

「是喲，小玉和波奇全都找得出來喲。」

面對小玉和波奇的主張，比亞先生露出悲傷的笑容撫摸著兩人的腦袋。

「說得也是。獸人的感覺很敏銳，在精靈稀少的地方曾經相當可靠。」

是過去式嗎……

「不過，就算是獸人，也沒有精神可以一直維持在高度警覺狀態。人活著就必須睡眠。若要前往迷宮深處，就得待在裡面好幾天的時間。」

說到這個，我和獸娘們被捲入聖留市的迷宮騷動時，她們似乎連續好幾天都不眠不休地戒備著呢。

以她們現在的身體，綳緊神經的話應該可以持續清醒五天左右才對。

「況且敵人不光是魔物而已。」

「因為有盜賊嗎？」

「迷賊。」

短文精靈基雅小姐回答了莉薩的問題。

原來如此，海洋上的盜賊是海賊，迷宮中的盜賊就是迷賊了嗎。

「嗯，這一點也很重要。不過，我想說的是同為探索者的那些人。儘管平時不會出手。但我方和魔物戰鬥後一旦因為疲憊而暴露出破綻的話，就會有人試圖設下陷阱。所以在迷宮裡任何人都不可以相信哦。」

比亞先生沉重的這句話，讓年少組一副快要哭出來的表情。

「當然，這種人畢竟算是少數。」

見到我抱著不安的小玉和波奇，比亞先生補充了一句安慰的話。

探索迷宮時，在其他探索者不會來的深處建立營地守在裡面或許不錯呢。

畢竟還有轉移魔法，應該可以更輕鬆地迴避與人之間的糾紛才是。

「謝謝各位替我們擔心。倘若方便，能不能多告訴告訴我一些其他迷宮裡的事情呢？」

聽了我的話，比亞先生用頭痛不堪的表情望向這邊：

「剛……剛才那些你真的都聽進去了？」

「是的，都是很有幫助的訊息——」

真是奇怪呢……明明是為了安全而收集情報，這種反應又是怎麼回事？

沉默了好一會，精靈們聚在一起開始討論些什麼。

由於閒著無事，我便撫摸著小玉和波奇的腦袋。

或許是肢體接觸奏效了，小玉的喉嚨開始發出聲音，波奇也「嘿嘿」地重新恢復笑容。

替代比亞先生，自稱在下的武士精靈西亞先生靠了過來。

看來精靈老師們終於得出結論了。

「你們無論如何都要前往迷宮嗎？」

「Of course～」

「當……當然喲。」

小玉即刻回答西亞先生的問題，波奇遲了一些也跟進。

其他孩子們也異口同聲地回答ＹＥＳ。

不知為何，原本應該要留在波爾艾南之森的蜜雅也跟著出言肯定。

「是的，這正是這些孩子們所期盼的。」

比起充滿魔物的潮濕迷宮，我還是比較喜歡進行遊山玩水的旅行，不過要一同在這個危險的世界裡旅行，同伴們就必須跟著提升等級才行。

「既然如此，逗留在這個波爾艾南之森的期間，我們就來好好鍛鍊你們吧。畢竟我們可不想再像托亞那個時候一樣，什麼時候都不做而最終接獲他的噩耗。」

對於武士精靈令人喜出外外的建議，我們二話不說就答應了。

畢竟撇開我不提，其他孩子們可以承蒙精靈傳授長年來磨練的技術，這可是求之不得的事情呢。

妖精修行

「我是佐藤。我在遊戲中罹患了遲遲不敢使用最高級回復藥的病。想必是因為經歷過在最終頭目戰時痛快使用後，結果被頭目的第二型態打得落花流水的慘痛經驗吧。」

「還沒結束～？」

「很有一套嘛。突擊力稍嫌不足，不過對周圍觀察得相當仔細哦。」

面對利用小劍和盾牌靈活發動進攻的小玉，武士精靈西西托烏亞——西亞先生在輕鬆化解的同時一邊給予忠告。

這裡是波爾艾南之森的外圍，接近魔物領域的精靈修練場。

從那次的浴場事件已經過了五天左右，我和同伴們一直在這個修練場裡接受精靈老師們的指導。

今天是和老師一對一，同時也是實戰練習的日子。

實戰練習的對手大多是精靈老師們用魔法製作出來的草與泥的人偶。

至於和魔物戰鬥的練習日，狩獵名家比西羅托亞——比亞先生和我則是會前往波爾艾南之森外面的魔物領域籌措練習對象。

在那個魔物領域裡的魔物僅有十級以下和四十級以上兩種極端的選擇，所以沒有其他人會選擇這裡修行。

「喝——喲。」

「這一步踏得很好，但必須多觀察一下週遭。要是腳下的草叢裡有陷阱的話，妳現在早就中招了哦。」

雙手拿著單手劍的波奇，正以狂野捲髮的波露托梅雅——波雅小姐作為對手練習中。

「陷阱只要咬破就行了哦。」

「扣一分。妳這個笨徒弟。」

波奇充滿傲慢的發言遭到波雅小姐訓斥，並用手中的紙扇「啪」地敲打。

這個紙扇是亞里沙的作品。

「說別人笨蛋的，自己才是笨蛋喲。」

「吵死了。老師的話是絕對的。如果老師叫妳交出漢堡排，就算餓肚子也要乖乖交出來才行。」

波雅小姐的粗暴發言讓波奇臉色蒼白，眼角浮現淚水。

波雅小姐見狀急忙收回前言。

「我不該說漢堡排的。改成飯糰好了。」

「是喲。換成飯糰就沒問題了喲。」

看樣子，漢堡排在波奇心中的地位十分重要。

「在這種等級之下施展魔刃——」

「很有潛力。」

看著使用魔刃的莉薩做出這番評價的，是守寶妖精短槍使尤賽克和短文精靈螺旋槍使古爾加波亞——古亞先生這兩人。

尤賽克先生今天儘管是初次見面，卻是個不遜於古亞先生的槍手，據說是居住在波爾艾南之森的守寶妖精當中實力最強的。

在自我介紹時，他甚至一度露了一手從短槍前端發出魔刃的絕技。

對於我希望再看一次的要求，他只是低聲說了一句「自己去偷」。

明明叫我去偷，但之後完全沒有表演的機會未免也太過分了。

由於是很有趣的招式，有一天真想把它學會。

「魔法併用。」

「別以為光靠盾牌就能抵擋魔物的衝撞。要一併使用魔法，保留魔力的事就等到妳變等更強之後再說。只要能夠進行身體強化就不要吝於使用。」

「指導，接受。」

指導娜娜的是另外一名短文精靈，魔法劍士基瑪薩露雅——基雅小姐和矮人盾使凱利爾先生。他也擁有傲人的三十八級。

凱利爾先生似乎是矮人自治領波爾艾哈特見到的那位單相思鍛冶師薩吉爾先生的叔父。

由於精靈沒有擅長使用盾牌的老師，人脈豐富的比亞先生於是帶來了曾在矮精靈之村修行過的凱利爾先生。

「露露小姐，注意膝蓋不要彎曲。」

「是……是的，妮雅小姐。」

「唔唔唔唔唔，不行，再也彎不下去了！會……會斷掉的——」

「亞里沙，體術需要柔軟的身體哦？柔軟操要做得更加確實才行。」

負責指導露露和亞里沙的，沒想到卻是廚師妮雅小姐。

即使是擅長魔法的精靈當中也只有少數會使用空間魔法的人，但如今都因為高等精靈雅伊艾莉潔小姐的事情而全員出動，處於沒有任何老師的狀態。

因此就變成亞里沙跟前來擔任協助人員的露露一起接受妮雅小姐傳授防身術。

反正露露的魔法槍和亞里沙的無詠唱空間魔法不適合用來對付人，所以剛剛好。

另外，人不在這裡的蜜雅則是在石舞台的修行場，接受母親莉莉娜多雅女士關於精靈魔法的入門指導。

被精靈魔法的萬用性所吸引的亞里沙似乎考慮過取得技能，但在看到凌駕於空間魔法之上的所需點數後就迅速放棄了。

「那麼，佐藤你也開始修行吧。」

「是的，老師。」

我點頭回應長文精靈比亞先生——比西羅托亞老師的發言。

「◆　微風。」

「▶　微風。」

「◀　微風。」

——沒錯，就是咒語詠唱的修行。

儘管一直靠著將卷軸登記在魔法欄當中的密技，藉此讓可使用的咒語增加，但我終究還是希望自己能夠走正途來施展魔法。

畢竟卷軸只能製作到中級魔法為止，而且還得去委託西門子爵的卷軸工房才行。

前幾天獵野牛的時候我曾經在比西羅托亞老師面前使用過魔法，不過那似乎被他解釋為勇者性質的特殊技能所致，並沒有吐槽我不會詠唱一事。

「■　微風。」

拂過臉頰的柔風並非出自於我的詠唱。

「輕鬆。」

而是在獵野牛時飽嘗辛酸結局的格亞所發出的魔法。

「格亞，礙事的話就回去吧。」

「姆，示範。」

比西羅托亞老師這麼告誡一臉得意的格亞。

儘管遭到訓斥，格亞仍未收斂起不懷好意的笑容。

看來有件事情能過贏過我讓他覺得很高興的樣子。

雖然內心惱怒，我依然藉助無表情技能擺出從容的穩重態度化解他的挑釁。

◆

「不要這麼沮喪，佐藤。」

「不，我並沒有覺得沮喪哦。」

對於比西羅托亞老師的安慰之言，我極力用平靜的語氣回答。

說到修行總是給人一種從早到晚持續至累倒為止的印象，但精靈們的修行卻更為悠哉。或許是因為擁有人族百倍以上的壽命，修行時間僅下午的幾個小時而已。

精靈們的修行從教導「接下來要做的訓練有什麼意義」的室內課開始，歷經活動身體的實技，最後在名為「本日回顧」的會議中結束。

話雖如此，最後的會議大多都是在如今這個場所——公共浴場清洗汗水之後泡著湯一邊進行。

「佐藤。」

伴隨嘩啦的水聲滑近我身邊的，是從精靈魔法的修行當中返回的蜜雅和她的母親莉莉娜多雅女士。

大概因為是精靈，莉莉娜多雅女士看起來並不像生過孩子。

向兩人打過招呼後，我繼續跟比西羅托亞老師交談。

「畢竟就連格亞學會詠唱也花了三十年以上的工夫。」

「那……那真是了不起呢。」

——應該說，真虧格亞能夠堅持三十年的時間呢。

下次面對他的得意表情時，還是放開心胸看待好了。

「終於笑了——」

抬頭望著我的亞里沙，露出鬆了一口氣的表情。

「主人在浴池裡不苟言笑的時候，就是正在掩飾表情呢。」

「嗯，掌握。」

亞里沙和蜜雅把我夾在中間進行交談。

修行後的泡澡已經變成常態化的混浴形式，所以我在向精靈老師們解釋後獲得了使用泡湯衣的許可。

話雖如此，精靈當中完全沒人在穿。

向比西羅托亞老師詢問這一點之後——

「我們精靈就彷彿一家人，所以並不像其他種族那樣對於異性抱持著性慾。」

這就是故事中常會有的「精靈的繁殖能力不佳」吧。

假如像人族一樣繁殖的話，如今全世界應該早就滿是精靈了才對。

「真佩服你們這樣還能生孩子呢～」

「精靈也會戀愛的哦。倘若墜入情網一百年都沒有變心的話就會結婚。」

對於亞里沙傻眼般的感想，比西羅托亞老師回以有些離題的答案。

「結婚～？」

「我們在公都看過了婚禮的遊行喲！」

將毛巾沉入熱水裡面玩著冒泡遊戲的小玉和波奇，一聽到結婚這個關鍵字就產生反應，擺出「咻答」的姿勢加入對話。

「精靈是怎麼樣結婚的呢？」

「雅潔。」

「祝福。」

兩名短文精靈回答了亞里沙的問題。

當然，由於聽不懂意思，所以我向會說長文的人尋求解說。

「首先透過世界樹宣誓婚姻，然後請雅潔大人授予祝福。這時候獲得的聖樹石就由兩人一起注入魔力，伴隨兩人的愛情一同孕育下去。」

說到聖樹石，應該就是石舞台的修行時雅伊艾莉潔小姐讓我服下的粉末，其來源「賢者之石」才對。

大概就類似結婚戒指或結婚申請書之類的東西吧。

「結婚後大約十年到五十年就會進入發情期。一旦懷孕就會對聖樹石產生食慾，所以很容易看得出來哦。大家都相信，孕婦只要喝下溶入聖樹石粉末的水就能生出健康的孩子。」

由於聖樹石是一種魔力增幅物品，所以精靈要讓胎兒成長或許就需要魔力呢。

說到這個，在穆諾男爵領遇見的那些狗頭人也是，對方好像聲稱需要名為青晶的寶石才能養育孩子吧。

說不定那也是出於類似的原因。

「──你們在討論什麼？要對蜜雅進行性教育未免也太早了吧？」

從水蒸氣另一端現身的是白金色頭髮的美女──高等精靈雅伊艾莉潔小姐。

喜歡的類型以全裸姿態出場，實在讓我不禁心跳加速。

「雅潔。」

「真是罕見呢，雅潔大人竟然會到公共浴場來。」

精靈們的發言完全無法進入我的耳裡。

更可悲的是，雅伊艾莉潔小姐那彷彿體現黃金比例的裸體緊緊吸引了我的目光，使得我無法做出接下來的行動。

不僅無法說出適時宜的一句話，根本就像回到了青春期，就連將視線從她身上移開也做不到。

而在我眼前紅透了臉，口中發出「啊嗚啊嗚」的雅伊艾莉潔小姐似乎也是一樣。

「怎麼了嗎，雅潔大人？」

出現在雅伊艾莉潔小姐身後的巫女露雅小姐，此時納悶地抬頭望向她。

「啊！慢了一步──蜜雅！」

「嗯，有罪。」

鐵壁雙人組的活動從來沒有像這次一般可靠，卻又令人痛恨。

由於兩名小女孩的活躍表現，雅伊艾莉潔小姐從我的視野裡被遮蔽住，而她自己似乎也終於能乘機泡入浴池當中了。

「真是得救了，亞里沙。」

「哼——！明明就對我們的裸體毫無反應。」

「嗯，不服氣。」

我心甘情願地承受怒氣沖沖的亞里沙和蜜雅兩人的遷怒，然後拜託露露幫忙我把備用的泡湯衣交給雅伊艾莉潔小姐。

雖然只要我從所在的男浴池移動到女浴池——實為另一個浴槽即可，不過下半身的某個部分太有精神而讓我踩了煞車。

沒有辦法，只能用四平八穩的對話支撐到鎮靜下來為止了。

「對不起，雅伊艾莉潔大人，剛才不小心看見了。」

「嗚……嗚嗚……」

面對我的賠罪，雅伊艾莉潔小姐只是將一半的臉沉入熱水裡，就這樣子目光向上看著我。

或許是錯覺，她的視線好像在我的鎖骨及肩膀的線條上游移的樣子？

「怎麼了嗎，雅潔大人？居然像個新婚的女孩子一樣……」

「——露雅？」

見到說了一半莫名停下來的露雅小姐，短文精靈基雅小姐不禁擔心道。

「沒……沒什麼。應該不可能才對。」

「姆。」

露雅小姐頂著一副很有問題的表情結束了對話。

基雅小姐看起來很擔心，但最終顧及露雅小姐的立場而不再繼續追究下去。

在這種微妙的氣氛之下，洗澡時間結束了。

「噗哈——！泡完澡之後果然就是要喝咖啡牛奶呢！」

手扠著腰將瓶裝的咖啡牛奶一飲而盡後，亞里沙心滿意足地說道。

亞里沙開朗的聲音颳飛了剛才的微妙氣氛。倘若每個人都有屬性的話，亞里沙一定就是太陽了吧。

話說回來，見到她那麼高興的模樣，實在不枉費我從瓶子開始自行製作。

「亞里沙，純牛奶才是最好的——這麼告知道。」

「姆，果汁牛奶。」

對亞里沙的發言提出異議的，是僅在身上包了毛巾了娜娜和蜜雅。

以娜娜來說的話，想必只是喜歡貼在純牛奶瓶子上的可愛版小牛標籤吧。

「碳酸水最棒了～？」

「刺激的泡泡很棒喲。」

穿著印有一枚肉球圖案的小女孩內褲及短袖細肩帶小可愛的小玉和波奇，正小心翼翼地吸著瓶口逸出的碳酸水以防止灑出。

至於身上穿了T恤和短褲的露露，則是在房間角落的地板上做著伸展操，似乎稍後才要補充水分。

另外，喜歡泡澡的莉薩還在浴槽內享受無比幸福的時光，所以並不在這裡。

「真好喝——」

站在玻璃門的冰箱前，喝著果汁牛奶的雅伊艾莉潔小姐開心地這麼喃喃自語。

不知為何，她的聲音在吵鬧的場所也聽得很清楚。

想必是因為非常悅耳的緣故吧。

「這種使用了黃橙果實的飲料實在太好喝了。是妮雅妳的新作嗎？」

「不，雅潔大人。這裡的飲料全都是佐藤先生製作的。由於已經公開了製作法，我隨時都可以為您製作哦。」

「——是佐藤嗎？」

聽了妮雅小姐的說明後感到吃驚的雅伊艾莉潔小姐，聲音中帶著真誠的讚嘆。

總覺得有種非常驕傲的感覺。

「說到這個，以前的公共浴池裡有冷藏魔法裝置嗎？」

「佐藤。」

「那是佐藤製作的哦。」

精靈老師們回答了巫女露雅小姐的疑問。

「你真厲害呢，佐藤。」

「我只是在公都偶然獲得了大塊的冰石——」

面對雅伊艾莉潔小姐像個孩童一般直截了當的稱讚，我心跳加速得脫口而出不知所謂的解釋。

在浴池時也感受到了。這種彷彿回到青春期的不可思議感覺究竟是什麼？

不過，自己總覺得這個樣子也不壞。

「緊急狀況呢。」

「嗯，危險。」

眉毛上揚呈ㄟ字形的亞里沙和蜜雅面面相覷道，不過心情莫名雀躍的我卻絲毫不關心兩人的狀況。

◆

「漢堡排～」

「太好了喲！今天的漢堡排老師也是超級無敵的喲。」

小玉和波奇望向晚餐的盤子轉起圈圈跳著舞。

樹屋的餐桌上除了公共浴場的成員，還加入妮雅小姐在內的廚師精靈女孩們。

至於蜜雅的母親和妮雅小姐，我已經把豆腐漢堡排的製作法傳授給她們了。

「我很喜歡漢堡排哦。」

「誰叫佐藤先生的料理那麼美味呢。」

順便為公共浴池一事賠罪而邀請前來用餐的雅伊艾莉潔小姐及巫女露雅小姐似乎也大為讚賞。

「既然還有龍田揚跟煎肉排，這邊的生菜沙拉就不用了吧？」

「不行哦，飲食要均衡才行呢。」

我搖搖頭否定了亞里沙的無理取鬧。

我在開始修行後為了身體健康而多增加了一些蛋白質，不過由於不想看到同伴們渾身肌肉的模樣所以並未只提供肉類。

今天的龍田揚是鯨魚肉，肉排則是使用了噴射狼的肉。野牛的肉固然很美味，但老是吃同樣的肉也會膩呢。

話雖如此，精靈老師們對於桌上擺放的魔物肉料理卻有一些異議。

「魔物肉。」

「沒問題？」

難道精靈們對於魔物肉有抗拒感嗎？

「很罕見呢。不過，有雅潔大人在這裡應該不用擔心吧？」

「嗯，無瘴氣。」

說到瘴氣，就是魔族為了復活魔王所收集的那種嗎？

「魔物的肉含有瘴氣嗎？」

「是啊。不過，瘴氣很怕神氣或強烈的精靈光，所以在雅潔大人身邊就會被淨化，不會造成危害哦。」

比西羅托亞老師回答了我的疑問。

換句話說，沒有雅伊艾莉潔小姐在旁的話就會造成危害嗎？

在穆諾男爵領可是經常被食用的……該怎麼辦才好。

「若是較弱魔物的肉就沒有問題哦。況且佐藤你的精靈光比雅潔大人更強，既然已經在你身邊經過了處理，瘴氣應該也會散發至無害的程度。」

和比西羅托亞老師討論這個問題後，對方做出了這樣的回答。

問題似乎在於瘴氣，所以只要使用魔王信奉集團「自由之翼」用於收集瘴氣復活魔王的「邪念壺」和「咒怨瓶」的話，就算我不在的狀況下也能去除掉魔物肉上的瘴氣。

吃下唐揚鯨魚肉時之所以導致角色狀態提升，說不定就是殘留瘴氣的影響了。

話雖如此，我可不想為了確認這項事實而故意食用滿是瘴氣的魔物肉呢。

穿插了這一幕之後，我們開始用餐。

「佐藤，味道奇怪？」

吃了豆腐漢堡排的蜜雅納悶地皺起眉頭。

「很美味哦～？」

「對漢堡排老師很失禮喲！」

小玉和波奇出言擁護漢堡排。從她們在揮動拿叉子的手之前會先用舌頭把醬汁舔乾淨的行為來看，應該是露露或莉薩教得好的成果吧。

蜜雅今天的漢堡排是平淡無奇的普通豆腐漢堡排。我也吃著同樣的東西，其中並無特殊的雜味，是完成度相當高的料理。

我從保溫魔法具當中取出預備的豆腐漢堡排遞到蜜雅面前。

「不喜歡嗎？吃吃看這一盤豆腐漢堡排吧。」

「嗯，美味。」

將這盤的漢堡排切下一塊放入口中，蜜雅隨即心滿意足地開始大口享用。

蜜雅吃剩的豆腐漢堡排好像已經被小玉和波奇瓜分吃掉了。至於薯條以外的配菜則是原封不動地塞回給蜜雅。

——差不多該說實話了吧。

「蜜雅，有件事情我必須告訴妳。」

「嗯。」

我換上嚴肅的表情準備告知蜜雅，對方卻不知為什麼閉上眼睛遞出嘴唇來。未免也被亞里沙毒害太深了。

為避免誤會，我先聲明「是關於漢堡排的事」然後繼續說下去。

不知為何，她露出了非常不服氣的表情。

「蜜雅妳現在吃的豆腐漢堡排，其實裡面放了肉。」

樹屋裡端出的豆腐漢堡排，我每天都在逐步增加肉類的比例。如今蜜雅吃得津津有味的則是放了七成比例的肉類。

「……有罪。」

蜜雅頂著彷彿在訴說遭到背叛的劇畫風格表情盯著我。

「嗯，抱歉。更進一步來說，蜜雅妳一開始吃的漢堡排裡面沒有放肉。那個才是原本的豆腐漢堡排哦。」

「——姆。」

對於正在進行某種內心掙扎的蜜雅，我最後又推了一把。

「蜜雅，妳等一下還要吃哪一種漢堡排？」

「姆姆，這邊。」

蜜雅指向了放有肉類的豆腐漢堡排。

「嗯，美味。」

克服了心理障礙的蜜雅，在吃下有肉的豆腐漢堡排之後露出滿意的笑容。

雖然好像還不能吃普通全是肉的漢堡排，但我相信她對於肉類的抗拒感已經減少了一些。

「給妳吃一口這邊真正的漢堡排喲。」

「姆，不要。」

波奇遞出有滿滿肉汁的漢堡排，不過蜜雅卻是拚命搖頭，厭惡地用手推了回去。突然要吃的話還是無法接受呢。

用餐進行到一個階段時，我請妮雅小姐告訴我咖哩計畫的進度狀況。

追求讓咖哩重現的人是廚師精靈諾雅小姐。不過她個性怕生，所以咖哩計畫就由妮雅小姐代為管理了。

「那麼，守寶妖精和矮精靈們將會負責香料的探索任務嗎？」

「是的，他們好像說要比賽誰先找到傳說中的素材，興沖沖地就跑出去了。」

守寶妖精是皮膚有些灰褐色，矮精靈則是紅銅色皮膚的一群人，雙方都具備妖精族特徵的嬌小身材，耳朵略微尖起。

可惜的是好像沒有老套的半精靈和墮入黑暗的黑暗精靈這些種族。

竟然見不到褐色巨乳且有點好色的黑暗精靈……這個世界的奇幻感實在不太夠。

「說到墮入黑暗，其實原本就有掌管黑暗的世界樹，精靈經過日曬之後皮膚也會變成褐色。況且即使是不同的妖精之間也不可能混血的哦。異種族之間可以混血的，除了人族和耳族這樣的例外，就只有貓人和虎人、犬人和狼人之類的近親種獸人而已哦。」

哦～人族和耳族可以混血嗎？

說到這個，小玉和波奇好像也說過自己是出生在人族當中的返祖例子。

「精靈和高等精靈也不行嗎？」

「是的，當然不行。畢竟兩者的存在根本上完全不同。」

——根本上？

從容貌來看，高等精靈的確比精靈們更接近人族。

「因為高等精靈大人們是和眾神及世界樹一起從神界過來的亞神大人呢。」

巫女露雅小姐毫不顧忌地告知了重要的情報。

——雅伊艾莉潔小姐竟然是亞神嗎？

連同漢堡排一起將雞肉飯塞得滿嘴都是的雅伊艾莉潔小姐，其身上完全感覺不到那種神聖的氣息。

反倒是給人一種無能大姊姊的強烈印象。

……不過，無能的大姊姊總覺得很不錯呢。

「所謂神界，就是巴里恩神這些眾神所居住的地方嗎？」

「不是哦——」

「雅潔大人，請先把口中的食物吞下後再說話。」

「——姆嗚嗚！」

「雅……雅潔大人？」

遭到露雅小姐斥責的雅伊艾莉潔小姐想要趕快吞下食物，結果卻塞住喉嚨翻起了白眼。

我急忙用縮地移動至她身旁，遞出從桌上拿來的玻璃杯。

「這是水，請慢慢喝。」

「謝……謝謝你，佐藤。」

雅伊艾莉潔小姐好像很習慣被人照顧的樣子。

「不客氣。」

喝下水之後呼出一口氣，雅伊艾莉潔小姐用夢幻般的笑容向我道謝。

我剛才情急之下使用了縮地，不過似乎沒有人察覺到。

「那麼，所謂的神界究竟是什麼樣的地方呢？」

「那是創造出我們高等精靈和世界樹的創造神大人所在的場所——話是這麼說，不過對於從小就和世界樹一起被送出去的我們高等精靈來說，幾乎沒有任何關於那個世界的記憶了。」

向雅伊艾莉潔小姐詢問詳情後，我發現以前在繪本上看到的神話似乎大致上都是事實。

包括巴里恩神在內的八柱眾神乘坐著八棵世界樹來到了這個世界。

這個世界本身和製作世界樹的創造神無關，是原本就存在的。對眾神來說，造訪此地與其用赴任來形容，其實更像是前來開拓。

除了這顆行星的原生生物龍以外，其他生物都是從儲藏在世界樹裡的種子所擴散出去的，並不是像繪本的神話那樣由巴里恩神等眾神創造出來的存在。

世界樹難道就類似眾神橫跨次元的播種船嗎？

與其說是奇幻世界，感覺上更像是科幻風格了。

「佐藤。」

蜜雅好像對於這個世界的神話不感興趣，一副聽膩了雅伊艾莉潔小姐等人發言的樣子，轉而坐在我的大腿上以吸引注意。

「蜜雅，嘴巴弄髒了哦。」

「擦拭。」

我向撒嬌的蜜雅用手帕擦拭她的嘴巴。

剛才好像有某件在意的事情，但在照料蜜雅的期間卻不知不覺從腦中消失了。

我游移著目光試圖回想，赫然發現雅伊艾莉潔小姐的臉頰上沾了飯粒。

「雅伊艾莉潔大人，失禮一下。」

我伸出手取下他臉頰上附著的飯粒，然後按我平常照料年少組時的感覺直接放入自己的口中吃掉。

「「「啊——！」」」

不知為何，亞里沙和蜜雅見狀露出一副指責我是「叛徒」的表情，眼角向上揚起。

一起叫出聲的露露也用悲傷的眼神觀察著這邊。

「雅潔大人？」

妮雅小姐的聲音讓我轉回目光，只見雅伊艾莉潔小姐頂著染成通紅的臉不停轉著眼珠子。

那副模樣不禁讓我想起已經前往王都的卡麗娜小姐。

不過，真是奇怪。雅伊艾莉潔小姐明明並非像卡麗娜小姐一樣不擅於接觸男性，而且應該也習慣於受他人的照顧才對。

或許是對雅伊艾莉潔小姐湧起了對抗心理，有人開始做出奇特的行徑——是亞里沙和蜜雅。

「主人，我也要！」

「拿起來。」

故意把雞肉飯沾在臉頰上的兩人將臉伸過來。

「不可以拿食物來玩哦。」

因為會教壞小玉和波奇，於是我打算用手帕進行擦拭，但最終敗給兩人冀望般的目光而照她們的意思做了。

至於如我所料也想跟著模仿的小玉和波奇兩人，則是有莉薩出面斥責了她們。

見到用餐差不多告一段落，這就來上甜點好了。

我從廚房端了布丁返回之際，雅伊艾莉潔小姐和露雅小姐已經不見人影。

根據幫忙傳話的亞里沙表示，她們好像接獲工作場所的呼叫而返回了。

兩人的標記正往世界樹的遙遠上方移動中，所以大概是衛星軌道或宇宙空間附近發生了什麼事情吧。

儘管很想幫點忙，但猶豫的是不知我這個局外人適不適合參與其中。

有點擔心要是隨意干涉的話會遭到雅伊艾莉潔小姐的拒絕。

和以往的感覺不太一樣呢。

◆

「哦——很奇怪的纖維呢。跟橡膠不同，也不是化學纖維。」

亞里沙對於裁縫工房架子上陳列的罕見纖維相當感興趣。

繼浴池事件後一轉眼就過了三天。今天透過人脈豐富的比西羅托亞老師的介紹，我帶著亞里沙前來進行觀摩。

由於心想可能會有魔法布料，我打從前一天就開始期待了。

這間工房存在於精靈的天蓋都市旁邊的同型工房專用區域內。住家和工房似乎是隔離在不同區域內的。

另外，其他孩子們則是在蜜雅的帶領下前往樹屋附近的森林裡採集山菜。

「這是注入魔力後就會收縮的阿里德阿刺克涅的魔縮布。我們還有普通的橡膠，需要的話稍後再從隔壁的倉庫拿出來。」

「有橡膠嗎！」

「是……是啊，就成群生長在森林的南方。橡膠在加工的時候會發出討厭的氣味，要用作布料的話，還是取自山樹的『彈跳果實』纖維或油蜘蛛的絲製作成伸縮性優良的布料比較好。」

對於亞里沙的反應，工房老闆精靈有些傻眼地回答。

對方語氣像個平民區的中年婦女，和可愛美少女的外表落差相當大。

她所說的「彈跳果實」的纖維，已經用在我們的內衣以及襪子上了。

據說在蜜雅的時裝秀裡見到的過膝襪是使用了油蜘蛛的絲。

另外我還看了一種具備化學纖維特色，從白玉毛蟲的絲製作而成的布料。其光澤和手感很像化學纖維。

「有許多種會對魔力產生反應的布料呢。」

「是啊，很久以前地精們所推廣的尤里哈纖維固然相當有名，不過會反射魔法的肯尼亞蠕蟲之布或增幅魔力的世界樹之葉所製成的纖維同樣很方便呢。」

哦哦，實在很有奇幻感，真是棒極了。

乘這個機會，我試著詢問有沒有其他關於布製品的話題。

「其他的嗎？我想想……比羅亞南氏族的高等精靈大人所編織的大怪魚銀皮纖維製成的服裝，相傳就連上級光魔法或聖劍也能彈開哦。」

出現了超乎我預料的驚人消息。

我在公都消滅的大怪魚托布克澤拉——鯨魚的應該是黑色的才對。

難道還存在著出現機率稀少的銀色外皮大怪魚嗎？

要是能弄到這種素材，日常服裝的防禦力就可一口氣提升了。

「竟然存在銀色外皮的大怪魚呢。我還以為只有黑色的。」

「唉呀？佐藤先生曾經見過大怪魚嗎？」

「是的，之前目睹過一次。」

我向一臉驚訝的工房老闆點頭承認後，對方佩服地回答「真虧你能平安無事呢」。

看樣子，「我就是能夠與黑龍戰至平手的勇者」一事並未傳遍所有的精靈之間。

「對了對了，關於銀皮的事情。其實那並不是表皮哦。我記得——」

工房老闆攤開架子上厚厚的一本書，開始詠唱某種咒語。

細小的光粒子附著在書上，書頁自動開始快速翻動。

最後，就在繪有熟悉鯨魚圖片的一處跨頁停了下來。居然附加了自動搜尋功能，真是太有奇幻風格了。

「——就是這個了。你看得懂精靈語嗎？」

根據工房老闆為我指出的古老精靈語說明文字，鯨魚頭部的皮和骨頭之間存在有高耐衝擊性質白銅色脂肪層，其硬化之後的內皮似乎就是工房老闆口中的「銀皮」了。

加工方法從跨頁處一直持續了二十頁左右的篇幅，但幾乎都是將重點放在銀皮要如何裁出適當的大小以及怎麼溶解成纖維狀。

這本書裡似乎還記載了其他各式各樣的裁縫奧義。

要是能問到原料和加工方法的話，真想試著製作各類物品。畢竟我有地圖搜尋，原料要多少都可以找得到。

「感謝您讓我閱讀了貴重的書籍。等獲得銀皮之後我會帶過來的。」

「要是弄得到的話，我會使出渾身解數幫你製作很棒的衣服哦。」

我打算近期之內就加工帶過來，但工房老闆似乎當作我在開玩笑了。

閒聊之餘，我嘗試詢問帆船用的帆布有什麼適合的素材。

「帆布？既然這樣，就是以堅殼果實纖維編織的布料來提高揮發性的種類較適合呢。如果有許多風石，只要經過呼風處理的話就算在無風狀態下也能前進，非常便利哦。」

嗯，在巨人之村獲得的堅殼果實還有很多，更有穆諾男爵領得到的風石，要不要請教一下加工方法呢？

「還有我想想……如果比亞那裡的魔物素材有庫存，大型許德拉的翅膀或者亞種飛龍的大翅上面的皮膜是最合適的了。」

就在我思考之際，工房老闆又告訴我其他的素材。

這些我也有充足的庫存，不過加工後的形象很可能會變成魔王軍風格，所以還是用堅殼果實的纖維和風石這種組合比較妥當吧。

「有點離題了呢。那麼，先來教你們刺繡的方法吧。」

「咦——我……我對刺繡有點……」

「唉呀呀，這樣子不行哦。用來製作衣服的布料，得要繡上滿載著愛心的刺繡才可以呢。」

亞里沙對於精細作業表達出抗拒感，但似乎是對於年輕人的這種態度習以為常，工房老闆一點也不生氣的樣子一笑置之。

就這樣，在工房老闆的指導下，我們兩人開始刺繡。

「——你真是厲害呢，佐藤。」

見到我刺繡完成的布，工房老闆讚嘆般地呼出一口氣。

在我接受指導的期間，對方漸漸不加上「先生」二字而是直接稱呼了。

「比想像中有趣呢。」

「對吧，對吧？」

我的發言讓工房老闆滿意地點頭。

這並非客套話。看起來是單純圖案的刺繡，其實這是在應用刻印魔法和魔法陣的原理製作出一種具備魔法道具類機能的東西。

並非我在公都用於光石工藝品的那種簡陋之物，想必是花了好幾千年……不，是好幾萬年時間淬鍊而成的圖案吧。

「話說回來，佐藤你的技術就跟老精靈一樣厲害，不過藝術性還要多加磨練……倘若沒有具備更多的玩心，是無法成為一流工匠的哦。在這方面要多多跟亞里沙學習。」

「我會努力的。」

雖然不像節奏感那樣難學，但我實在很不擅長要求藝術性的事物。簡潔才是我的最愛。

另一方面，被稱讚具有藝術性的亞里沙，如今表情就彷彿頭頂上出現了黑色漩渦，口中不斷嘟噥著一邊進行作業。

「嗚嘎——繡個沒完沒了——」

終於受不了的亞里沙朝著天花板這麼大叫。

看來亞里沙需要的是毅力才對。

「午安——凱雅在嗎？」

在請工房老闆針對亞里沙和我製作的女僕裝給予短評之際，一名精靈走了進來。

滿是油汙的臉龐、身上的連身工作服，還有粗糙的靴子及手套等裝備，在在強調著對方是技術領域的人。而且還綁著辮子並戴有眼鏡。

但出乎我的意料，AR顯示竟指出她擁有世界樹一級園藝員的頭銜。

「唉呀？這不是吉雅嗎？居然會從瞭望台出來，真是稀奇呢。」

「虛空服完成幾件了？」

「兩件的話倒是還有，不過之前不是已經交了五件嗎？」

「上面發生了點事故……就算只有兩件也好，趕快拿出來吧。可以的話希望妳能盡快再完成七件……」

「別強人所難了。」

工房老闆斷然拒絕了將交貨日期提前，然後動身前往倉庫拿取完成品。

「果然只能這樣了嗎……」

對於隨便找了椅子重重坐下來的吉雅小姐，我拿出了能有效消除疲勞的黃橙果實加碳酸水給她。

「謝謝——我們是初次見面吧？我叫吉兒薩莉雅。平常在虛空瞭望台負責晶枝的維護工作。」

吉雅小姐機械式地將飲料送入口中，同時用疲累的口吻自我介紹。

見到吉雅小姐猶如被塞了強人所難的工作之後正在爆肝中的程式設計師一般喃喃自語的模樣，讓我不禁生出了親近感。

「今天忙著在進行可惡的水母對策，搞得該做的維護工作都沒完成……唉，布亞他們的汙染樹汁對策不知道有沒有進展呢……」

——糟糕，好像開始講些胡言亂語的東西了？

與其柔聲安慰對方，不如先給予「能量飲料」吧。

對於勞累的工程師來說比什麼東西都有效。

「吉雅小姐，請順便喝喝這個。」

「啊，謝謝你。雖然有酒比較好，不過這樣一來會睡著呢……」

我取出營養補給用的魔法藥交給吉雅小姐。

心不在焉地自言自語著一邊喝下魔法藥的吉雅小姐，頓時判若兩人般換上精神抖擻的表情站了起來。

「這是什麼？太棒了！這個太棒了！」

既然對方這麼滿意，反正我還有整桶的庫存，就順便提供給她職場的所有人吧。

「突然站起來的話會導致貧血哦。不嫌棄的話，請將這些分給職場的其他人。」

「唉呀——真是得救了。我們平常總是依靠森林魔法的『精神力賦活』在支撐，但可能是用得太多，這陣子效果實在很差——」

我透過「萬納背包」從儲倉裡取出約三十瓶魔法藥，裝入袋子後交給吉雅小姐。

這並非出於同病相憐，而是這些工程師的辛勞彷彿讓我看到了過去的自己而於心不忍罷了。

——哦，吉雅小姐好像是園藝員吧？

「久等了。」

將虛空服放在術理魔法「自走板」上面的凱雅小姐從倉庫回來了。

「太……太空服？」

亞里沙見狀後發出驚呼聲。

與其說是太空服，那種外型更像是早期的潛水裝。上面滿是鉚釘的模樣營造出了復古感。

「太感謝了，凱雅，」

一臉舒暢的吉雅小姐從工房老闆那裡接過虛空服，收入大型的「萬納背包」。

「——唉呀？發生什麼事了，吉雅？變得和剛才判若兩人呢。」

「是啊，我喝了他給的魔法藥後又有精神了。剩下的五件拜託妳盡快完成哦。」

吉雅小姐這麼告知後，便揮揮手離開了。

「說得真輕鬆呢……那些手藝足以縫製虛空服的孩子們全被派去幫忙雅潔大人。光靠我一個人根本就無能為力呢。要是沒有叫醒睡在『寢台』的祖先們——」

工房老闆面對吉雅小姐離去的大門這麼抱怨道，但中途變察覺自己的失言而用手摀住嘴巴。

她剛才透露的「睡在『寢台』的祖先們」，我想應該就是在世界樹中的神祕區域裡睡覺的那些精靈。「寢台」大概就是睡眠槽的暗語了。

喚醒睡眠槽裡睡覺的精靈，對於精靈們來可能是一種禁忌吧。

「——對不起哦，我真是的。明明跟你們抱怨也無濟於事。」

見到露出靦腆微笑的工房老闆，亞里沙彷彿想到什麼主意般抬起臉來。

「有了！有個手藝很厲害的人哦！」

這麼大叫的亞里沙指向了我。

同意了猛然拍一下手的工房老闆所提出的請求，我決定和她一起製作虛空服。

只要是可以為忙碌的雅伊艾莉潔小姐提供協助，些許的勞動我並不會介意。

就這樣，我和工房老闆開始進行作業——

「——我太小看精靈的時間感了。」

「想不到吃晚餐時間就完成作業了呢。」

截至晚餐時間為止的半天期間，我和工房老闆兩人終於合力完成了一件虛空服。

倘若熬夜趕工，不到兩天時間應該就能輕鬆製作出五件，不過我們還是選擇在剛好完成一件的這個時候結束作業。

作為虛空服核心的空氣淨化及散熱控制的魔法裝置僅有兩件庫存，或許也是不急著繼續製作的原因之一吧。

明知這一點，程式設計師時代的「交貨日期優先」觀念還是激發著我的焦躁感。

倘若完全拋棄自重心態，使用一百二十隻「理力之手」同時生產，一個晚上大概就能做出三十件了。

就像我當初在公都地下量產銀鍊條那樣——

「主人，你的表情變得有點可怕哦。」

被亞里沙戳了戳臉頰，我總算回過神來。

看來為了能向雅伊艾莉潔小姐多表現一下自己，我的腦中好像稍微失控了。就算是可以向喜歡的類型展現魅力的好機會，讓被保護者感到不安的話終究不太好。

「我只是想起了以前的爆肝生活罷了。」

我藉助詐術技能隨便編了一個理由，然後大口深呼吸以冷卻發燙的腦袋。

「謝謝妳，亞里沙。」

「不會，不用客氣。」

我向讓我得以恢復冷靜的亞里沙出言道謝後，亞里沙有些模樣滑稽地擺出揚起下巴的姿勢。

撫摸了亞里沙的腦袋之後，我利用工房老闆分出的材料開始製作四件虛空服。

作業進行得很順利，預留最後的魔法裝置部分大約兩個小時就完成了。

我覺得自己已經相當收斂，但作業結束後只見亞里沙用傻眼的目光望著我。

——真是令人搞不懂。

◆

「你就是佐藤嗎——既然有比亞的介紹，我就讓你觀摩一下吧。」

隔天早上，我在裁縫工房完成兩件虛空服之後，經由人脈豐富的比西羅托亞老師介紹而來到了魔法道具工房。

當然，這是為了幫忙製作虛空服的控制裝置。

老師在將我介紹給魔法道具工房的工房老闆基亞先生後就帶著笑容離去了。

另外，本日的修行在我說明原因之後得以暫停。

要是公司裡的上司都像這樣很爽快地批准特休的話就好了。

我將這番惆悵的念頭逐出腦中，安分守己地專心觀摩著基亞先生與其徒弟們製作魔法道具的過程。

不同於人族在製作魔法道具，他們似乎大多都將鍊金術和魔法一起拿來使用。

「笨蛋！我說過，處理呼吸草時要注意濕度！」

「對不起。」

「吸熱液的品質太差！重做！用這種東西很快就會到達運轉上限了。」

「了解。」

類似這樣的互動不知反覆上演了多少遍。

換我來的話一定會做得更好……彷彿以前的動畫主角會有的心聲在我腦中掠過。

大概是這裡的作業陷入瓶頸而讓我心急如焚的緣故吧。

作為魔法道具核心的魔法迴路本身，基亞先生與其高徒們剛才已經完成第一塊。

「基亞先生，我也來幫忙可以嗎？」

「嗯？這可不像你看到的那麼簡單哦？」

「是的，我了解。」

實際上，基亞先生對徒弟們嚴格要求鍊成等級必須有七以上，否則就很有可能會失敗。

「嗯，好吧，千萬別礙事啊。」

獲得許可後，我便開始幫忙。

「佐藤！比賽！」

這時，蜜雅的青梅竹馬格亞也在入口處現身——

「蠢東西！製作魔法道具可不是兒戲啊！等你能做出基本的魔法迴路之後再過來吧！」

——然而卻被基亞先生臭罵一頓而哭喪著臉回去了。實在有點同情他。

那麼，先不說格亞，這就開始幫忙吧。

每當徒弟們眼看著要失敗之際，我就會偷偷幫忙調整大型鍊成裝置，或以「氣體操作」魔法來調整濕度之類的。

「嗯嗯，這樣子勉強算及格了。」

在入得了基亞先生法眼的中間素材完成後，就進入正式的組裝階段。

接下來都是鍊成等級九以上的基亞先生與其高徒們的作業，所以沒有我出手的必要。

我於是放心地開始盜取他們的技術。

好，從原素材開始的所有行程都已確認，接著只要湊齊器材的話我就能獨自一人量產虛空服了。

話雖如此，由於太陽下山前的三個小時已經完成所需數量的虛空服用魔法裝置，所以我也沒有必要多管閒事了。

虛空服用魔法裝置的完成品，由工房老闆之一的朵雅女士以及兩名徒弟一起送到裁縫工房。

乘著完成規定工作量之後的放鬆氣氛，我試著詢問工房平時所製造的東西。

「基亞老師和朵雅老師兩人都在製作用於虛空中，搭載了人的魔巨人。我則專門製作魔法的發動體或法杖。目前正在研究如何兼顧魔力的增幅率和降低消耗的魔力。」

「活動人偶。」

「我算是在開發單人用的小型飛行用魔法道具吧。」

「魔力儲藏裝置。」

哦哦，每一項研究都相當令人感興趣。

「怎麼，你對魔巨人很有興趣嗎？」

好奇加入閒聊當中的基亞先生喜孜孜地帶著我前往工房後方的庫房裡。

明明沒有討論魔巨人的話題，但我確實很感興趣，所以就乖乖跟在他的身後。

出現在那裡的是一具八腳蜘蛛型的魔巨人。頭部似乎是駕駛艙的樣子。

我回想起在大學畢業考時，跟機械科的人聯合製作了以探索火星為假想的自立型多腳機器人一事。

我負責程式部分，但因為使用組合語言從驅動軟體開始製作，所以對於硬體方面也有相當的知識。

「怎麼樣，能坐人的魔巨人很罕見吧？不光能用八隻腳在世界樹上爬行，還會從洞口噴出火焰在虛空中飛行哦。」

基亞先生的自豪發言讓我有些傾頭不解。

「不是壓縮空氣嗎？」

「利用爆炸力的話，魔力效率會比較高。」

原來如此，與其使用推進劑或壓縮空氣，以魔法飛行的話成本較低嗎。

光用科學知識來思考的話，往往會掉入意外的陷阱裡。

「不使用空力機關也是因為效率問題嗎？」

「虛空中沒有空氣，所以無法使用空力機關哦。」

果然，所謂虛空好像就類似宇宙空間的場所。

「這個閥門該怎麼操作呢？」

「這種金屬繩的盡頭有捲揚機，由配置在魔巨人內部的超小型『活動人偶』負責將其捲上來。」

那種不知該定義為低科技或高科技的架構是怎麼回事？只要有透過魔力的開和關來轉動的裝置就很夠了吧。

我這麼思考，然後向基亞先生提出了更為簡單的架構。

這種架構似乎也能運用在帆船的帆布控制上。

就在和基亞先生討論魔巨人的架構問題時，工房裡和基亞先生地位一樣高的朵雅女士出現了。這兩人好像是夫妻。

「光從外觀是無法領會這個魔巨人的真正價值哦。這個魔巨人的賣點在於使用了聖樹石的智慧迴路。你看，佐藤。這裡就是魔巨人的大腦了。」

朵雅女士帶我進入駕駛艙，打開木製箱子讓我觀看裡面在中央嵌有藍色發光石頭的美麗魔法迴路。

不知道是怎麼繪製的，不過透明的藍色石頭裡也可見到複雜精細的迴路。

「接受了來自駕駛座的指令後，智慧迴路會做出適當判斷，靈活地操縱八隻腳。聽得懂吧？」

「是的，當然可以。」

畢竟我的本業是程式設計師。

關於機器人的多腳控制，我甚至連國外的論文也研究過。

由於很感興趣，我便不報期望地請求朵雅女士讓我閱讀迴路圖，結果對方附帶了一句「看得懂的話就盡量看」就交給我整疊的文件。

雖然有點複雜，但因為智力值已經到達上限的緣故，所以並沒有花費太多時間就掌握了。

即使是不同世界，嘗試錯誤的過程或許都很相似吧。

就和我以前會犯的錯一樣，由於屢屢嘗試錯誤的緣故而招致了演算法的臃腫化及過多錯誤修正檔所帶來的繁瑣化。

所以，針對那些目前可能會很辛苦的地方，我打算分享一些在學生時代所獲得的知識。

「朵雅女士，關於這裡的判定——」

這點雞婆的行為應該能夠被容許才對。

度過了如此愉快的時光直到太陽即將下山，回程時我又繞至裁縫工房和工房老闆一起完成剩下的虛空服。

真不枉費我拿出龍泉酒作為誘餌，讓因為加班而哀嚎的工房老闆奮戰到底。

聯絡訂購者吉雅小姐的方式據說是透過精靈魔法製作的小鳥型擬態精靈來進行，所以接下來交給對方後我便回到了樹屋。

◆

從樹屋天窗射入的樹縫間陽光讓我醒來。

味噌湯的柔和香味傳入了睡傻了的我的鼻孔。順風耳技能捕捉到在樓下廚房的露露和莉薩的菜刀聲以及開心的女孩聊天聲。

「——已經早上了嗎。」

或許是一直掛心的虛空服製作順利結束後終於放下肩膀的重擔，我睡得比想像中還要死。

轉動目光後，映入眼簾的是在我肚子上縮成一團睡覺的小玉以及和蜜雅一起瓜分我右手睡在上面的波奇。至於左半身的幸福觸感則是娜娜吧。

這幾天都睡在自己老家的蜜雅，昨天似乎很罕見地在這裡過夜了。

四人的睡衣是新製作的「布偶裝睡衣」。

大家配合著各自的角色，分別穿上了貓、犬、兔、小雞這四種服裝。

「Good monring！Every day！」

寢室的入口處，情緒異常亢奮的亞里沙撲了過來。

自從抵達波爾艾南之森後，亞里沙這傢伙就像放假的小孩一樣早早起床。

或許是每天實踐了吃得好，玩得盡興的信念，在公都就有些發胖跡象的亞里沙，臉頰和肚子肉也恢復至她這個年齡的程度了。

雖然考慮過為了健康著想而強制進行減肥，不過這樣一來應該就沒必要了吧。

「早安，亞里沙。妳應該要說Every one才對吧？」

「說得也是呢。對了，你今天休息吧？大家一起去採蹦蹦菇或是生火腿吧！」

打開百葉窗的同時，亞里沙這麼建議假日的行程。

前者還能想像，但後者的「採生火腿」就難以理解了。

波爾艾南之森裡難道存在會長出生火腿的樹木嗎？

……可怕的是還真有這種可能。

我確認主選單當中的行事曆。

「今天不行。我約好了要和精靈老師們一起溪釣。」

「啊，的確有這麼回事呢。那麼下次有機會再來採生火腿好了。」

我告知已經有約後，亞里沙顯得相當惋惜。

看她似乎真的很想去「採生火腿」，於是我便將其記錄在遊玩候補清單當中的第一順位。

「早安～？」

「早安～喲。」

貓布偶裝睡衣的小玉伸伸懶腰，穿上犬布偶裝睡衣的波奇則是揉揉眼睛，一邊打著大哈欠。

蜜雅和娜娜似乎也醒來了。

「佐藤。」

這麼喃喃開口的蜜雅燦爛一笑。

明明是兔子布偶裝卻像貓咪一樣喉嚨發出咕嚕聲並將臉頰磨蹭過來。

「主人。」

或許是很羨慕蜜雅的動作，娜娜也開始模仿蜜雅。

「小玉也要~」

「波奇也要撒嬌喲。」

「我……我也要！」

最後，所有人都撲過來，使我再次躺回了床上。

總覺得這種時光真是幸福呢。

就這樣，在稍微用過早餐之後，我便和精靈老師們一起來到位於波爾艾南之森的溪流處。今天的修行將從中午開始。

「大獵物~？」

「不愧是小玉喲！波奇也不會輸的喲。」

早晨溪流的潺潺水聲之中，響起了小玉和波奇的開心聲音。

頭戴大草帽，在紅色長袖汗衫之外穿著白色T恤的亞里沙，很罕見地穿上了牛仔褲風格的西裝褲。

那大概是某角色的扮裝，至於典故就不清楚了。

「嗯，大獵物。」

蜜雅釣到了名為波爾艾南大鱒的大型虹鱒。

亞里沙見狀後語帶焦躁地說道：

「哇啊——居然連蜜雅也領先了～」

那種怪腔怪調似乎是特意在配合一身的角色扮裝。

不過或許是很快就膩了，最後又恢復成原來的語調。

「嗚～這樣一來，跟我一樣兩手空空的就只有主人了！」

——真沒禮貌。

我明明只要釣到一條就能獲得「釣魚」技能了……唔，這樣不公平吧。

我拋棄湧上心頭的不良想法，將心靈寄託於寧靜森林及河川奏出的旋律中。

「在拉線了！」

將我快要與自然合一的心靈拉回現實的，是亞里沙的呼喊。

釣竿未傳來任何觸感。

看來是亞里沙的釣竿上鉤了。

「嗚咻～」

亞里沙叫得比平時更為歡欣鼓舞。

她釣到的是名為拉布列康川鱈，看起來像鱈魚的紅色魚類。

全長約三十公分。據精靈老師所言，雜食性的魚類不適合生吃，做成醋漬或魚乾的話就很美味。好像很適合下酒的樣子。

就這樣，我的釣竿終於也上鉤了。

我以較輕的轉圜別針拉起釣桿後，釣到了小小條的泥鰍。

＞獲得技能「釣魚」。

「下次，不會輸！」

出言稱讚的同伴們另一端，發出「唔唔」悔恨聲的格亞這麼大叫然後跑掉了。

他是什麼時候過來參加釣魚大會的……既然來了一起吃午餐不是很好嗎？

格亞離去方向的上游處，武士精靈似乎開始在做什麼新奇的事情。

「假餌～？」

「是用羽毛和線做成的蟲子喲。」

「妳們看得真清楚。」

使用飛蠅釣法的精靈老師用巧妙的控竿動作來迷惑河魚。

「好像真的～？」

「魚都靠過來了喲！」

小玉和波奇見狀後高興得手舞足蹈。

「——居然用假餌，真是邪門歪道。」

波雅小姐一臉很不甘心地自言自語。

大概是因為自己的徒弟波奇居然比較關注武士精靈那邊而不高興吧。

「與其釣魚，還是用魚叉直接戳比較快呢。」

這麼喃喃說著，莉薩一邊將繩子上的整串河魚交給露露。

她剛才似乎和槍術老師古爾加波亞先生一起拿著魚叉去了下游一趟。

以效率來說，用「理力之手」捕捉河裡的魚比較快，但這樣一來就沒意思了呢。

由於釣到了足夠的數量，我便在人數相當的河魚上灑鹽並放在營火旁邊做串烤。

溪釣果然還是要這樣才行呢。

主菜則是準備了使用河魚魚漿製作的丸子以及加入山菜的味噌鍋。年少組抓來的澤蟹在切成兩半後也追加為鍋料。

這樣一來就變成相當有野外風味的火鍋了。

讓我不禁回想起孩童時代的暑假所舉行的野外求生營。

「真好吃——！雖然有點鹹，不過鹽烤河魚果然還是要這個樣子呢！」

大口咬下鹽烤河魚的亞里沙露出心滿意足的笑容。

「亞里沙，妳還剩下魚頭和內臟沒吃哦。那裡才是最美味的地方，要是糟蹋的話『浪費鬼』就會來找妳的。」

莉薩出言糾正亞里沙的吃法。

「咦——那裡面不都是用來當魚餌的蟲子嗎？」

「那又如何？」

亞里沙這位現代兒童的主張，莉薩似乎無法了解其中的含義。

陷入絕境的亞里沙，是娜娜和小玉兩人救了她。

「主人，西瓜已經放涼可以吃了——這麼告知道。」

娜娜將事先泡在淺水裡的兩顆西瓜抱了回來。

乘著莉薩對此分心之際，小玉兩口就狼吞虎嚥地把亞里沙吃剩的部分處理掉了。

面對小聲說出「謝謝」的亞里沙，小玉就像往常一樣回答「不算什麼哦～」然後跑向西瓜處。

從那筆直伸向天空的尾巴看來，小玉似乎挺驕傲的樣子。

「主人，西瓜很美味——這麼報告道。」

「謝謝妳，娜娜。」

我幫忙擦拭娜娜被西瓜汁弄髒的嘴巴，一邊咬下她所拿來的西瓜。

然後伸手準備接住口中殘留的種子——

——一郎！那種娘娘腔的吃法可不行吶！

忽然間，從前的記憶在腦中閃現。

那是什麼時候的事情？

在青梅竹馬老家的神社緣廊上，「新綠色」頭髮的小女孩對我投以笑容。

臉部不知為何被陰影遮住，看不清楚。

——種子要像這樣「噗噗噗」吐出來才有夏天的青春氣息吶！

樹縫間吹來的風溫柔拂過小女孩的「銀色」頭髮。

這是孩童時代的暑假記憶——真是如此嗎？

我的青梅竹馬應該是黑髮才對。

那麼，這又是誰的記憶——

「——主人？」

柔軟的一隻手將我拉回了現實。

「沒什麼，娜娜。我好像一恍神就作了個白日夢。」

我向一臉憂心的娜娜這麼告知，然後大動作伸個懶腰以甩開奇妙的既視感。

或許是有些太勞累了吧。

既然是難得的暑假般時光，得多享受一下空閒時間才行。

「啊——找到了找到了！」

這時，我聽到了宛如春風般悅耳的聲音。

回頭望去，赫然是從「妖精之環」現身的雅伊艾莉潔小姐和巫女露雅小姐兩人。

他們這陣子似乎非常忙碌，有五天時間沒有實際碰過面了。

「謝謝你，佐藤。」

跑到我身邊的雅伊艾莉潔小姐以雙手抓住的我手不斷上下揮動著。

「我聽凱雅和基亞說了！虛空服之所以補充得比預期要快，都是佐藤你的功勞！」

「不會不會，不用客氣。」

只要能夠見到雅伊艾莉潔小姐的笑容就很夠了。

「佐藤先生，關於吉雅所收下的魔法藥——」

據巫女露雅小姐所言，我交給對方用來代替能量飲料的營養補給用魔法藥似乎很受歡迎。

「——如果您能在鍊金術工房進行量產，我們會很高興的。」

嗯，真是不巧，居然選在我剛決定要享受假期的這個時候。

還是把製作法交給對方，接下來全由精靈煉金術士們來代勞好了。

「拜託你，佐藤。」

「好的，請包在我身上吧。」

「有罪。」

我將前言一舉拋到九霄雲外，握住雅伊艾莉潔小姐的手欣然答應道。

「可惡！嘗嘗斷罪的陽光吧——」

——好刺眼。

好像是用反射板把陽光照在我的眼睛。我有光亮調整技能和自我治療技能所以只覺得刺眼，換成普通人的話就有失明的危險了。稍後再罵罵她們吧。

蜜雅和亞里沙所使用的是以肯尼亞蠕蟲的絲以及鯨魚的銀皮纖維製作而成的魔法反射板試作品。若只是用來反射光線，使用手鏡還比較有效率。

我稍微往樹蔭處移動後，亞里沙她們的反射光就無法照到了。

「佐藤，不要緊吧？」

「是的，當然了。」

我向憂心忡忡的雅伊艾莉潔小姐回以微笑，一邊和站在一旁的巫女露雅小姐商量魔法藥的量產時程。

「躲在樹蔭下也沒用哦！就算是行星的背面，光還是一樣可以照到的！」

「嗯，衛星。」

這一次，兩人聯手合作朝著樹蔭處投來反射光。

說到這個，在老動畫特輯中，我記得曾看過某部將巨大雷射反射之後用於攻擊的科幻鉅作。

我利用胸前取出的反射板，短暫的瞬間將光反射回去一下。

「眼睛，我的眼睛——」

不予理會動作誇張地按住眼睛的亞里沙，我逕自目送著討論結束後的雅伊艾莉潔小姐她們離去。

我的學徒生活因為鍊成工房的時程關係所以將從明天開始。

既然如此，今天就當作在家族服務來全力玩樂吧！

——哦，在這之前，得先好好訓斥拿反射板來玩耍的兩人呢。

◆

「這就是傳聞中的營養補給藥嗎。」

「好甜。該不會只是在回復藥裡面加入砂糖而已吧？」

應雅伊艾莉潔小姐的要求而造訪的鍊金工房內，有兩名面熟的精靈在等待著。

是我和蜜雅第一次前往地下城鎮時開口透露內幕的茲亞，以及他的老師同時也是將棋四天王之一的艾雅女士。

「很遺憾，裡面沒有砂糖哦。主要成分為加波瓜和山樹的黃橙果實。」

我將使用精靈語彙整了作業流程的製作法小冊子發給兩人。

裡面有簡易的圖解，所以應該不需要太作說明吧。

「茲亞，幫我從工房裡拿材料過來。」

「我們根本沒有加波瓜哦。」

「佐藤，你手中有的話就分我們一些吧。如果需要報酬，就儘管從倉庫裡拿走你喜歡的素材。」

「我有很多加波瓜，所以並不需要報酬哦。」

我取出了事先轉移至萬納背包裡的加波瓜。

然後用術理魔法讓巨大的黃橙果實浮起來，和返回的茲亞一起開始作業。

將黃橙果實的果肉及加波瓜磨成泥狀，則是使用了我自製的魔法道具。

「嗯，固定在台座和磨泥器上方，與加波瓜的接觸處會前後移動將其磨碎嗎……真是有趣的巧思呢。」

忽略了對魔法道具感到著迷的鍊金老師，手持普通調配道具的茲亞仔細地將果肉逐一磨成泥。

「佐藤，比賽！」

「格亞，來得正好。幫忙把加波瓜磨碎吧。要是磨得漂亮就算格亞你贏了哦。」

「嗯，了解。」

再度現身的格亞，就這樣被看似知道如何利用他的茲亞出言誘導而輕易上鉤，被私下當成了勞動力來驅使。

他本人拚了命，就這樣繼續努力下去。

「結束後就是加入黃橙果實熬煮後的果汁吧。」

「是的，一點一點混合，等到變得黏稠就請停下來。」

我鉅細靡遺地回答茲亞的問題，同時觀看他的作業。

精靈們的鍊成板啟動後會展開透明的魔法框，擺放在中央的素材則是浮上空中。加工時還會籠罩的神祕的光輝，真是漂亮。

不僅如此，設定比起人族所使用的道具還要繁瑣得多。

我的製作法是人族的鍊成板專用，不過基本技術似乎都是從精靈這裡流傳出去，所以換成向上相容的精靈鍊成板只要稍微更動一下就可以順利沿用了。

「設定大概是這樣吧？」

「是的，我這樣就沒問題了。」

從這裡開始只有設定值不同，其他都跟普通魔法藥的鍊成一樣。

一副動作熟練的樣子進行鍊成的兩人沒有絲毫猶豫。

作業場的內部也有和魔法道具工房裡一樣的大型鍊成裝置，不過他們似乎要利用小型鍊成板進行作業直到熟悉製作法為止。

負責磨碎加波瓜的格亞累得坐在長椅上一動也不動。稍後再送他疲勞回復藥吧。

「比想像中簡單呢。」

「蠢蛋。」

看似有些失望的茲亞，被鍊金老師用手杖用力敲了一下。

「那是佐藤把製作法整理得淺顯易懂的緣故。而且正因為佐藤是人族，才能想出這種魔法藥來。」

鍊金老師的話讓我頭上浮現問號。

為何不說「因為是佐藤」而要強調「因為佐藤是人族」呢？

「這是什麼意思，老師？」

「我們精靈覺得累了，就休息到消除疲勞為止。會不惜使用魔法藥持續作業的，就只有壽命較短的人族而已。」

和我持有相同疑問的茲亞發問後，鍊金老師淺顯易懂地這麼告知。

要是有一百倍以上的壽命，的確就不用那麼汲汲營營了呢。

——奇怪？既然這樣，虛空瞭望台的吉雅小姐他們有何迫切的理由，需要拚命到使用藥品來回復呢？

「這真是太驚人了。」

「很不錯的藏書量吧。」

將營養補給藥的量產工作全數交給茲亞後，鍊金老師帶領著我造訪了存放著精靈固有魔法藥製作法和上級魔法藥研究書籍的書庫。

直到距離地板五公尺高的天花板，都密密麻麻地陳列著書架。

「不同於圖書館，雖然禁止攜出，不過你可以盡情閱讀這裡的所有書籍哦。禁書已經轉移至其他地方，你就放心吧。只不過，不能把這裡的製作法傳授給其他的人族。」

在詢問原因後，鍊金老師便解釋因為會損及「製作法的多樣性」。

換成是從這裡的知識及想法衍生出來的新製作法，似乎就可以流傳出去了。

鍊金老師把形狀類似「跳舞青蛙像」的書庫備用鑰匙借給了我，於是我決定選在大家都熟睡的深夜時分前來閱讀。

「對了，禁書是記載著什麼樣的內容呢？」

「就是萬靈藥、返老還童藥或萬能藥之類的特殊藥品哦。需要像是血珠、大怪魚的肝粉、成年龍的鱗片等一般無法獲得素材和聖樹石。其他還記載有魔人藥和屍藥這種邪門歪道會使用的禁止藥品，這些絕對不能製作哦？」

前者勾起我很強烈的興趣。製作法先不提，逗留期間至少得先請教一下那是什麼藥品以及所需素材。

這樣一來，等需要用到時就可以直接將素材帶來請對方幫忙鍊成了。

特別是返老還童藥，真想趕快弄到手。

雖然是出於自私，不過為了確保同伴們的復活手段，就得讓特尼奧神殿的巫女長大人活得久一點才行。

另外，普通的書庫裡還有春藥及興奮劑這類藥品的製作法辭典。

我深感意外於是試著詢問鍊金老師，得知那似乎是遲遲無法懷孕的夫婦所使用的製作法。

一般情況下不到一百年就會懷孕，所以需要這種藥品的人十分稀少——鍊金老師這麼豪爽地大笑道。

還是老樣子，有些方面我實在跟不上精靈的時間感。

因為許多藥品無法用我的鍊成板製作而在大傷腦筋之際，對方又送給我無人使用的老舊鍊成板。精靈真是大方極了。

另外，她所提到的圖書館據說就位於世界樹區域的地下，是在神祕區域睡覺的精靈以及家中沒有空間而紛紛把書送過去，自然而然就形成的一個場所。

有機會真想向雅伊艾莉潔小姐或長老申請許可，和亞里沙她們一起前往閱覽呢。

「——所謂的空間，是一種比各位所想的更為自由的東西。」

◆

打從居住在樹屋裡過了半個月左右，我們獲得了接受據說是空間魔法好手的長老精靈講課的機會。

那少年的外表和老人語氣實在很格格不入。

他身後的白袍助手精靈和徒弟們猶如雕像一般靜靜站立著，感覺有些壓迫感。

像往常一樣，格亞也跑了過來，但在看到長老精靈和助手精靈後就立刻退出了。

「那個箱子上有洞對吧？你們把臉身進去看看裡面。」

我們按照指示依序將臉探入較大的孔洞裡。

明明是每邊長一公尺的立方體，箱子裡卻變成了每邊三十公尺的寬廣空間。

「啊——！主人的臉在遠方喲！」

從對面的洞中探出臉來的波奇不斷對我揮著手。或許是錯覺，聲音聽起來好像有兩個的樣子。

大概是箱子裡和外距離不同的緣故吧。

我也反過來揮手，然後將腦袋抽出箱子望向波奇那邊。

可以見到由莉薩幫忙支撐身體的波奇，尾巴正在左右晃動著。

「這是空間擴充嗎？」

「沒錯，魔法背包之類的物品，就是將這種空間擴充的亞種『萬納庫』魔法加以固定後實現的。」

長老精靈點頭回答我的問題，同時告訴我更多知識。

空間擴充似乎會一直消耗魔力，所以不適合長時間的維持。

長老精靈所說的「萬納庫」是一種根據初期投資魔力來製作出相符大小亞空間的魔法。構成亞空間的魔力本身會在內部循環，所以只需要微量的魔力來維持。

其機制為空間門的開合需要魔力，而在亞空間內消耗的魔力也會在這個時候獲得填充的樣子。

技能當中的「寶物庫」和這種「萬納庫」幾乎是相同效果，還追加了技能使用者能夠掌握收納物品目錄的機能。

勇者使用的「無限收納」也和這個「萬納庫」是同樣的原理，物品進出都會消耗魔力，但由於用來收納的亞空間本身是巴里恩神創造，因此可以「幾近無限地」收納物品。

……我的儲倉在物品進出時可是完全不會消耗魔力哦？

說不定只是機能相似，實際上完全是基於不同的構造吧。

「要將『萬納庫』魔法固定在背包上，需要用到聖樹石。」

說著，長老精靈從掛在腰上的小袋子裡取出藍寶石一般的藍色石頭。

「漂亮～？」

「亮晶晶的喲。」

小玉和波奇說出地一眼的感想。

「雖然已經獲得雅潔大人同意，表示可以為了佐藤你使用聖樹石，但聖樹石屬於貴重物品，所以只能給你一顆。」

嗯，既然是貴重物品，還是不要勉強用在我身上吧。

畢竟從我逗留在精靈之村期間獲得的消息聽來，聖樹石好像能用在各種方面呢。

我嘗試提議使用魔核來製作「魔法背包」。

「聽說人族會將高等級的魔核用來代替聖樹石，不過能夠維持的空間太過狹小，放著不管的話不到千年時間就會損壞。那種粗製濫造的成品實在不推薦。」

長老精靈說畢後搖了搖頭，不過能維持千年應該就很夠了吧？

撇開長壽的精靈不提，以人族的壽命來說，我覺得只要可維持五十年左右的效果就很滿意了。

「——既然佐藤你覺得可以，我們也不會拒絕。你就告知一下比亞，讓他準備好所需數量的魔核吧。」

「需要大約多少等級的魔核呢？我這邊有旅行途中收集到的魔核，如果可以的話請容我使用。」

我有充裕的魔核庫存，所以還不至於需要仰賴身為獵人兼詠唱老師的比西羅托亞先生。

我請長老精靈出示人族鍊金術士所使用的等級表並告知所需的品質。

以我手邊的魔核來說，等級三十的許德拉或飛龍的魔核就剛剛好了。

當初在穆諾男爵領內以及從公都前往黑龍山脈的旅程中，我已經確保了相當數量的同程度魔核。要湊齊同伴人數的魔法背包簡直綽綽有餘。

能夠容許娜娜的大盾進出的大入口袋子，以及可以放任獵物鮮血弄髒的食材搬運用包包也順便準備一下好了。

「那麼，關於實地操作……除需要空間魔法的作業外，我的徒弟們都可以辦到。由於還要去協助雅潔大人，所以在說明完一連串的作業流程後我希望交給徒弟們負責，自己只進行最後的收尾工程。」

長老精靈用愧疚的語氣這麼告知。

是我們在他百忙之中還提出這番要求，如今聽對方這麼說實在覺得惶恐。

「不，這樣就很夠了。我們希望觀摩您徒弟們的作業，請問方便嗎？」

「嗯，一開始就是這麼說好的，當然沒問題了。」

見到長老精靈大方地點頭，其身後的助手精靈卻看似有些皺眉的樣子，所以看來還是我獨自一人去觀摩好了。

——在那之後的五天期間。

我暫停修行每天出入「魔法背包」工房，在幫忙徒弟們的作業同時一邊學習他們的技術。

一開始還表現得冷淡的徒弟們，在我重新調整過屢屢故障的魔法裝置之後似乎就逐漸對我敞開心房了。

如今我們已經熟識到會在休息時間一起喝茶了。

另外，自從第一天之後就沒見過格亞的人影。據亞里沙透露，他在蜜雅參加訓練的日子就會出現在修行場上。

「佐藤，可以幫我調整一下鍊成板嗎？」

「等等，這裡先。」

「喂喂，佐藤得要幫我處理魔物的胃囊，好用在最重要的內壁上啊！」

我就像這樣子獲得了萬事通屋一般的地位，依序在處理精靈們的要求。

前來查看狀況的比西羅托亞老師也調侃道：「你很受歡迎呢，佐藤。」但長得再怎麼漂亮，受男性的歡迎一點也不會讓我高興。

最後那名精靈所說的「內壁」，則是用來在空間魔法製作的亞空間裡形成內側的。

亞空間並非相當穩定的事物，有時會產生小小縫隙，所以為了幫助亞空間穩定，使收納物品不受不穩定的亞空間所影響就需要進行隔離。

這種內壁似乎採用魔物的胃囊最為合適，所以我已經從儲倉裡提供了必要數量的許德拉及飛龍的胃囊。

另外，和「寶物庫」技能一樣，「魔法背包」也無法放入生物，但不同於一開始就將其作為固定規格的「寶物庫」技能，「魔法背包」是「特意禁止生物」的。

據說是因為以前曾經發生過放入其中的生物缺氧而死，以及生物在其中大肆破壞「魔法背包」的內壁而逃入亞空間的事故。

無法放入生物的設定，想不到竟是為了防止這類事故而採用的防呆裝置。

鑑於這樣的原委，本次製作的「魔法背包」內，我事先設定了可允許一具魔巨人之類的大型「魔創生物」收納在其中。

畢竟魔巨人不需要氧氣，沒有收到命令的話也不會在裡面進行破壞。

「佐藤你真厲害呢。第一天僅僅看到控制裝置的格式化就那麼吃驚，結果現在卻可以隨心所欲地使用投射裝置和刻印裝置來轉錄魔法迴路了。」

「這都是多虧了各位的指導哦。」

我這麼回答見到我的作業後出言讚嘆的精靈。

儘管有些謙虛，不過這裡的精靈們似乎都很喜歡教導別人，我也接受了他們相當細心的指導。

剛才話中所提到的裝置，就是為了在魔核內嵌入控制迴路的東西。

記得當初看到在透過專用裝置「格式化」之後的魔核裡直接刻入魔法迴路那一幕時大吃一驚。之前在多腳魔巨人的控制裝置裡見到的精密魔法迴路似乎就是這樣製作出來的。

──就在我這麼回憶之際，長老精靈從入口處現身。

長老精靈今天將要幫忙進行收尾的工作。

「嗯，水準比平常還要好。」

檢視過準備完畢的素材後，長老精靈滿意地點點頭。

「看來你們似乎也進步了啊。」

「這都是佐藤的功勞。」

「嗯，優秀。」

「就算令人疲乏的作業也毫不抱怨，積極地從旁協助，而且魔力操作的本事就跟老師一樣高超哦。」

面對長老精靈的稱讚之言，徒弟們卻是搖頭否定，不知為何竟然紛紛開始細數我的功績。

我按照日本人的風格表示「並沒有這回事哦」結果卻遭到助手精靈斥責道「不用謙虛」。

對方承認我能幫得上忙固然很令人高興，不過也不用這麼過分誇獎吧。

儘管穿插了這樣的一幕，我仍繼續觀摩長老精靈們的最終工程。

「……■■■■■■　萬納庫。」

「……■■　術式固定附加。」

「……■■　術式保持附加。」

「……■■　魔力循環化。」

長老精靈的魔法發動之後遲了一些，徒弟們的魔法也依序發動了。

我藉助「平行思考」技能聽取四人的咒語，一邊記錄於交流欄的記事本並且同時觀摩著長老精靈的作業後續。

「乘著魔法穩定的期間，把這個安裝進去。」

徒弟們使用的咒語似乎是作為魔法裝置發動之前的維持之用。

助手精靈用術理魔法「理力之手」將魔法裝置嵌入萬納庫最深處的凹洞裡。

『——啟動。』

長老精靈見狀後唱出「口令」，魔法裝置便開始啟動並與萬納庫的壁面化為一體。這樣似乎就完成了。

——嗯，流程和咒語都完整記住了。

等到會詠唱後，我應該也能進行生產才對。

使用了鯨魚胃囊的「魔法背包」，光是想像就令人雀躍不已。

就在思考這些事情的期間，長老精靈們繼續製作下一個背包。

不會詠唱的我無法協助最終工程，實在是急死人了。

「——這是最後一個了嗎。」

「肯定。」

長老精靈用疲累的聲音向助手精靈確認道。

一天要完成十個「魔法背包」，就算是收尾部分也消耗太大了吧。

雖然能力有限，我仍提供了大量的中級魔力回復藥和營養補給藥給予協助。

該不會，他們是因為藥品的關係而中途停不下來吧？

……唔，一定是我想偏了。

「接下來交給你們了——」

我用最鄭重的禮儀目送著這麼告知後離去的長老精靈背影。

「花朵圖案的粉紅色～？」

「波奇是肉球圖案的黃色喲。」

「嗯，兔子圖案。」

「只有一隻小雞才是最強的——這麼主張道。」

同伴們相互展示著在裁縫工房製作的「魔法背包」的外皮。

基本形狀是可愛的手提包，解開取出口的釦子之後將折疊部分攤開，就可以進出較大的物品。

裁縫工房的染料相當豐富，所以年少組和娜娜都選擇了鮮豔的顏色。

亞里沙是黑底繪有紅線的最終頭目式設計，露露和莉薩則是沉穩的褐色外觀。

由於要放入裡面的本體已經完成，我便花費幾分鐘將其縫好。

「最後，使用者登記。」

「——使用者登記嗎？」

「必須。」

助手精靈點頭同意我重複一遍的問話。

如他所言，這似乎是限制只有登記「魔法背包」的個人才可開關的機能。

因為很方便，我也打算在同伴們的武器或危險的魔法道具上追加這種機能。畢竟不同於神授的聖劍，我所製作的聖劍並沒有使用者的限制呢。

另外，其亞種當中還有將魔法道具登記為鑰匙的形式。鍊成工房的圖書館鑰匙就屬於這一種。

乘這個機會，就把大家共用的獵物搬運用包包設定成這種形式吧。

準備戒指型的鑰匙也挺時髦的呢。

「我們的妖精背包終於完成了呢！」

亞里沙拿著完成品擺出了欣喜的勝利姿勢。實在有點缺乏少女感。

「妖精背包？」

「是的，『魔法背包』聽起來總覺得很老土。既然是精靈先生們製作的背包，妖精背包這個名字不是挺合適的嗎？」

面對助手精靈的問題，亞里沙用自信滿滿的笑容回答。

「了解。」

回答的人僅有精靈助手，但其他徒弟們也面帶笑容，所以他們似乎也沒有異議的樣子。

就這樣，同伴們持有的「魔法背包」就被命名為妖精背包了。

◆

「佐藤在嗎？」

氣氛和樂融融的「魔法背包」工房裡突然衝進來一名精靈。

是在魔法道具工房約定好要教我製作法杖的技師。

「是的，在這裡。」

察覺好像發生了什麼事，我便舉起一隻手往入口走去。

「抱歉，快跟我過來。雅潔大人她——」

「我這就去！該往哪裡走才好？」

這陣子不見人影的雅伊艾莉潔小姐，她的名字一出現就讓我失去了從容。

我用縮地移動至對方面前，催促驚訝的他一起衝進「妖精之環」。

——請等一下，我現在就過去！

虛空

「我是佐藤。有句話叫『敲著石橋過河』，但行程不可能永遠都存在讓人可以敲打石橋的空間。有的時候，直接衝過泥橋反而才是最佳的選擇。」

「佐藤，怎麼了？」

氣喘吁吁地抵達了位於世界樹頂端的瞭望台，只見身穿巫女服的雅伊艾莉潔小姐面帶悠哉的笑容朝著我揮揮手。

我對安心下來後快要發軟的雙腿注入魔力，勉強撐住了。

由於心裡從容了些，我也開始留意起周圍。

瞭望台是一處公園，覆蓋有直徑將近一百公尺的透明圓頂。

這個圓頂的另一端是一望無際的滿天星斗。白天當然不可能有廣大的夜空，星星也不會閃動。

換句話說，外頭見到的應該是宇宙空間吧。

圓頂另一端有無數粗大的樹枝朝著黑暗的彼端延伸。總覺得看起來很像根部。

當然，我並非一路跑到這麼高的地方。所有路程幾乎都是利用了樹精的轉移。

「聽說雅伊艾莉潔大人您找我，於是就火速趕來——」

在走向雅伊艾莉潔小姐的途中，我說到一半便打住了。

AR顯示中她的魔力和精力都已經快要見底。剛才看似悠哉的模樣，好像是因為無精打采所致。

「不用露出那種表情。我很快就會沒事的。」

「雅潔大人請先休息一下。由我來向佐藤先生說明吧。」

我從口袋裡取出營養補給藥和中級的魔力回復藥交給雅伊艾莉潔小姐，然後傾聽自願負責說明的巫女露雅小姐開口。

「為了我們的事情，還勞煩您過來這裡——」

將巫女露雅小姐致歉的一番話當作耳邊風，我用餘光關注AR顯示裡雅伊艾莉潔小姐的回復狀況。

「——就這樣，因為世界樹的放電現象，使得許多精靈們都被留在了虛空裡。」

說到放電現象，就是連那頭黑龍赫伊隆也能擊退的東西嗎？

這裡和地面及世界樹下層都屬於不同地圖，所以我急忙執行「探索全地圖」魔法來取得情報。

以這個瞭望台為中心半徑數十公里的球形區域似乎都算是同一地圖。

我確認顯示在地圖上的光點。

有不少人身受重傷，但並沒有嚴重到瀕死的程度。

——奇怪？

虛空中有無數代表敵人的光點。

或許是位處明亮的場所，我從這裡無法看到存在於虛空中的敵人身影。

根據地圖情報，紅色光點名為「邪海月」，等級從二十到四十都有。平均三十級左右的小嘍囉占了大多數。

——其數量大約有一萬隻。

真是的，這麼誇張的數量，又不是靠著加波瓜養殖的達米哥布林。精靈們會覺得棘手也在所難免了。

這些傢伙似乎具備「吸收」、「同步」、「連鎖失控」的種族特性。

仔細一看，其分類並非魔物而是「怪生物」。

所幸這些邪海月似乎對精靈不感興趣，只是附著在世界樹的樹枝上動也不動。

如果不會妨礙營救，以後再來對付這些傢伙也無妨吧。

「有備用的虛空服嗎？」

「不，已經沒有任何可以承受再次出動的服裝了。」

那麼，就用我儲藏裡的備用虛空服吧。

儘管沒有維持生命用的魔法迴路，不過因為可以保持氣密，只要我從儲倉裡拿出氧氣的話就不會窒息才對。

所幸儲倉裡如今放滿了氧氣。那些是我為了飛越黑龍山脈而製作氫氣球時所帶來的副產物。

「既然如此，我過去營救一趟吧。」

「太……太亂來了。我們之所以找佐藤先生您過來，是打算拜託您幫忙修理虛空活動用的魔法道具，並非要求您進行魯莽的救援活動。」

見到我從萬納背包裡取出的虛空服，巫女露雅小姐急忙制止我。

不過，災害救助原則上必須在七十二小時內完成。

雖然不知道這在異世界是否也適用，但既然虛空看起來就是宇宙空間，給予我的黃金時間應該會更短。

更何況，等待救援者的名字當中也有我認識的精靈們。

「光是慢吞吞地修理，那些有救的人一樣無法得救的。」

「可是……目前沒有能穩定活動的光船，在這種情況下太危險了。」

她所說的光船，好像就是和勇者隼人的次元潛航船朱爾凡爾納同型，可在虛空中飛行的精靈船。

對於仍打算試圖阻止的巫女露雅小姐，雅伊艾莉潔小姐在她的肩上拍了一下。

「不要緊，我已經回復了。希嘉王國的佐藤，你願意和我一起前往危險的場所嗎？」

「是的，我會一併隨行。」

我向看似有些內疚的雅伊艾莉潔小姐這麼即刻回答，然後抓住對方伸出的手。

「精靈有些不足。佐藤，你可以解放精靈光嗎？」

「是的，謹遵吩咐。」

說出有些裝模作樣的措辭後使我的內心感到了難為情，但仍藉助「無表情」技能撐了過去。

「精靈們從大氣層和世界樹以驚人的速度集中而來了……謝謝你，佐藤。有這些精靈們就很夠了哦。」

向我道謝後，雅伊艾莉潔小姐喃喃說了一兩句話，她的周圍立刻聚集了散發綠色光輝的風，和我一起輕飄飄地飛上天空。

雖然聲稱已經回復，但臉色依然很差。

「我們到外面去。小心不要離開我身邊哦。」

——咦？

雅伊艾莉潔小姐觸摸後的瞭望台圓頂開始變形。

看來那並非什麼硬質的玻璃物體，而是某種類似黏液的薄膜。厚度足足有兩公尺左右。

由於沒有進入雅伊艾莉潔小姐的風之結界裡，所以無法得知其觸感。

花費數秒鐘穿過黏液壁，我們飛進了虛空。

沒有無重力感。看樣子軌道不如我想像得那麼高。

在雅伊艾莉潔小姐的風之結界內部可以呼吸所以沒有問題，不過既然要進行營救活動，我想還是分頭行動比較好。

我狠下心來鬆開雅伊艾莉潔小姐柔軟的手，利用快速更衣穿上虛空服。沒有控制裝置的部分，就以我自己的魔法和儲倉的氧氣來彌補。

「我們分頭展開營救吧。我往這個方向。」

「不、不行啊——」

我用天驅穿透雅伊艾莉潔小姐的結界。

搶在我將注意力轉向一臉焦急的雅伊艾莉潔小姐之前，往周圍延伸的世界樹樹枝表面便產生了無聲的放電現象。

結界另一端的雅伊艾莉潔小姐似乎在說些什麼，不過真空狀態下無法傳遞聲音。

為了保護她，我在自己的周圍取出代替避雷針的金屬物品。

然後以「理力之手」操控，安放在不讓她受到電擊傷害的位置。

下一刻，強烈的電擊襲向了我。

——唔哦哦哦哦哦！

這真是吃不消。

我急忙將關閉的痛苦抗性切換至開啟狀態。

明明只是電子，居然還滿痛的。

「佐藤，不要亂來。」

柔軟的觸感隔著粗糙的虛空服傳遞到我身上。

我似乎被雅伊艾莉潔小姐抱住了。

神奇的是，在雅伊艾莉潔小姐接近的同時，電擊也停止了。

「目前的世界樹處於警戒狀態，一旦發現異物就會試圖排除的。」

據雅伊艾莉潔小姐解釋，似乎是因為高等精靈被視為世界樹的一部分，所以不會被判斷為異物。

至於精靈們由於被當成準構成物質，只要不輕舉妄動就不會成為排除對象。

——奇怪？

既然如此，附著在那些樹枝上的邪海月為什麼不會被世界樹排除呢？

我的腦中掠過這樣的疑問，不過以後再問清楚吧。

如今是那先等待救援精靈們為最優先。

「雅伊艾莉潔大人，我優先引導您前往受重傷的精靈所在處。」

「嗯，拜託你了。」

——真想不到，她居然二話不說就答應了。

雅伊艾莉潔小姐遵從我的引導移動風之結界。

「那具多腳魔巨人裡面有兩個人。」

我在焦黑且結構扭曲的多腳魔巨人上面落地，利用儲倉取出的鋒利聖劍迪朗達爾在外部裝甲挖出一個圓形。

裡面是魔法道具工房的基亞先生和朵雅女士兩人。

「是……是佐藤嗎？」

「我來營救各位了。雅伊艾莉潔大人也在一起。」

我同時運用「理力之手」進行營救，一邊以「治癒」的水魔法讓受傷的兩人回復。

「佐藤，麻煩你至少回收魔巨人的控制板。」

「知道了。」

由於還有其他人需要救援，我便有些粗魯地用聖劍迪朗達爾直接砍斷將其取出。

「已經回收了。雅伊艾莉潔大人，接下來是斜上方的那根樹枝。」

「嗯，知道了。名字太長比較難唸，你直接叫我雅潔就好。」

「是的，雅潔……小姐。」

怎麼回事？用暱稱叫人會覺得這麼難為情，可是打從我中學生以來的第一次。

在大學時代和公司裡明明就很習慣叫女孩子的暱稱了。

◆

「希嘉王國的佐藤。我們感謝你的協助。」

「希嘉王國的佐藤。我們稱讚你的奮不顧身。」

「希嘉王國的佐藤。我們——」

虛空中的營救結束後的隔天，我在世界樹底部的議事堂接受長老們的感謝之言。

由於營救活動及之前的服務活動獲得對方讚賞，我因而獲准可以出入包括虛空瞭望台在內的整個世界樹。

儘管還提到要給予我名譽長老的地位，但被我鄭重婉拒了。

畢竟我還沒有老到要被長壽的精靈們稱呼為長老呢。

我從長老們手中拿到副獎賞的目錄，其中列出了僅在精靈之村才可獲得的紡織品、食品，還有貴重的素材類物品。

但再怎麼說，連世界樹的枝葉和樹汁也列入目錄裡實在有些不妥。

連我持有的鍊金術書籍當中，也記載著那是以城堡或爵位作為代價也無法弄到手的素材。

那麼，穿插了這麼一幕，我在一名長老的帶領下來到了其他房間。

「佐藤，都結束了嗎？」

「是的，很順利──」

出來迎接我的是雅潔小姐和巫女露雅小姐，以及之前到裁縫工房拿取虛空服的園藝員吉雅小姐三人。

「──那麼，幾位找我過來是為了前幾天的事情吧？」

面對我的問題，雅潔小姐點了點頭。

「佐藤你昨天看到後應該也很清楚，我們正試圖驅除寄生於世界樹上的邪海月。」

原來如此，是想要拜託我進行驅除嗎。

營救活動中遠遠看到的邪海月，其外觀是裡面包裹好幾道魔法陣風格光輝的半透明水母。精靈們似乎也通稱牠們為水母，我以後就叫水母好了。

既然礙事的只有世界樹釋放的電擊，只要製作絕緣衣，在雷無效狀態之下迅速將其消滅即可，非常輕鬆。

就在我這麼貿然斷定並出言確認後，對方卻回了一句「不」。

「辦得到的話就不用這麼辛苦了。」

「因為電擊同樣也會傷及世界樹的樹枝本身。靠近樹幹部分的粗樹枝還不要緊，但那些比中等尺寸還要細的晶枝就很容易碎裂了哦。」

巫女露雅小姐和吉雅小姐向我這麼解釋道。

根據之前在石舞台聽到的內容，世界樹的晶枝好像是用來從流動於虛空中的乙太裡吸取魔素的重要部分吧。

我進行營救活動的地方靠近根部，所以並未親眼目睹過晶枝的實物。

「所以，我們想拜託佐藤先生協助修理本次事故中損壞的多腳魔巨人和協助量產虛空服。」

「另外，如果可以提供什麼驅除方案，我們會很高興的。」
巫女露雅小姐切入話題的重點，吉雅小姐則是追加了要求。
我當下就答應提供協助，關於要求方面也表示會考慮。
順便又確認一些事項——
「話說回來，水母究竟是出於什麼目的而寄生在世界樹上的呢？」
「牠們靠著纏繞在世界樹樹枝上的觸手來吞食樹枝內部流動的魔素。」
我聽著雅潔小姐的說明一邊點頭。
嗯嗯，有將近一萬隻水母賴著不走，輸送至地上的魔素應該會匱乏吧。
緊接著巫女露雅小姐也補充道：
「不僅如此，甚至還有會在樹枝上產卵的個體。而且，用來保護卵的黏液還會讓樹汁混濁，使得世界樹變得衰弱哦。」
也就是說，水母們的目的就是很常見的繁殖及尋找食物吧。
「那麼，水母又為何無法在世界樹的電擊之下被排除呢？」
「水母似乎透過某種手段讓世界樹產生錯覺，認為牠們是自身的一部分而非異物。」
之前曾經有過解除錯覺的方案以及讓世界樹沉睡以避免電擊的方案，但好像統統都失敗了。

「另外，水母周圍存在魔力的空白地帶，所以無法以魔法使其入睡或擒拿。」

更進一步來說，在虛空中的行動無法不使用魔法，所以在水母附近就需要動用虛空服或氣密的多腳魔巨人這類裝備。

不同於魔法，使用聖樹石的魔法道具及裝置儘管會增加魔力消耗，但在水母旁邊仍能正常運作。

「所以乘著用魔法藥迷昏牠們的期間，我們採取了以多腳魔巨人切斷纏繞樹枝的觸手後將其拿下的方法。」

包括雅潔小姐在內會使用精靈魔法的那些人，則是好像在負責將擒住的水母集中在一處。

達人所創造出來的擬態精靈，據說就算在水母附近也能存在一段時間。

「就這樣，情勢朝著水母一點一點地逐漸被排除的方向邁進……」

「但失敗之處就在於其中藏有抱卵的水母。」

巫女露雅小姐和吉雅小姐同時嘆氣。

聽她們說，一旦排除產卵的水母，旁邊的水母們似乎立刻就會影響世界樹並使其進入像昨天那樣的警戒狀態。

另外，若減少一定數量以上的水母或使其孤立，還會大量消耗周邊的世界樹樹枝並且出現爆發性的增殖。

而且好像還是大範圍的水母在進行連鎖反應式增殖，倘若不將其一次消滅則不僅不會減少，數量反倒會增加。

發現說明中有許多傳聞性字眼，我於是打聽了一下——

「因為其他的世界樹也一起被邪海月的群體所寄生了。」

回答來自於巫女露雅小姐。據說其他的世界樹所受到的損害還在波爾艾南之上。

「根據紀錄，從古至今大約每隔千年就會有一次邪海月溯著乙太流出現，但據說一次也只有區區幾隻的程度。」

說不定是乙太流的另一端有什麼導致水母大量產生的東西，抑或是出現了使水母大舉逃出的威脅也說不定。

說不好奇是騙人的，但如今並非優先事項。

由於並不是現在應該討論的問題，所以我將其記載於備忘錄作為驅除後的未解決問題。

我試著在腦中整理剛才聽來的情報。

目的——從世界樹排除掉水母。

注意事項有一大堆。

其一，若對水母造成危害就會遭受世界樹的電擊。抱卵的水母更是敏感。

其二，減至一定數量以下，水母就會呈爆發性增長。同時也會讓世界樹損傷。

其三，水母的周圍存在魔力空白區域。魔法在水母的附近無法使用。

差不多就這樣吧。

接著就來進行實地確認好了——

◆

「雅潔小姐，請前往位於那根細枝前端的水母旁邊。」

「——是那個吧。」

為了構思消滅水母的方案，我和雅潔小姐如今正一起感情融洽地漫步在虛空中。

關於多腳魔巨人和虛空服，素材和工房的準備還要花一段時間，所以我就前來找位於最角落處的水母當成實驗對象。

這一帶是長達十公里的世界樹樹枝的中段部分，但樹枝僅有直徑一公尺粗而已。

從這裡開始，普通木頭顏色的樹枝上就長有翡翠結晶般的疙瘩或細枝。

這種翡翠樣式的細枝似乎就是被稱為晶枝的東西。

「先從下級魔法開始。」

我試著擊出短氣絕彈。看不見的子彈在水母的前方降低威力——

「……擊中了呢。」

雅潔小姐一臉意外地喃喃道。

衝擊彈的結構雖然開始分解，但在降低威力的同時命中了水母。

看樣子，倘若魔法的結構夠紮實，除擬態精靈之外也可用魔法擊中對方。

換成我的中級魔法，恐怕就可以順利打倒了吧。

「那麼，接下來拜託雅潔小姐您使出自己的擬態精靈。」

「嗯~該用什麼才好呢？」

「請施展出您最擅長的。」

由於機會難得，我請雅潔小姐使出最強的。

「最擅長的嗎？知道了！[redacted]……」

看似得意的雅潔小姐將黃金——不，是神金材質的長杖拿在雙手開始詠唱。

AR顯示當中的雅潔小姐，其MP以驚人的速度在減少。

雅潔小姐的周圍生出光之魔法陣，分成上下逐漸增加。

其充滿震撼力的身影另一端，原本安分的水母展開觸手，採取了彷彿在威嚇我們的姿勢。

大概是被雅潔小姐高漲的魔力引發了戒心吧。

「……■■　魔獸王創造。」

最後，雅潔小姐的正面出現巨大魔法陣，從那裡跑出了猶如大象與河馬混合體的擬態精靈。

——PUWAOOOOWWNNN！！

儘管處於真空，貝西摩斯的強烈咆哮仍轟隆作響。

驅逐艦一般的巨軀加上高達五十的等級，看起來非常強。

只不過，這個貝西摩斯沒有翅膀。

沒有翅膀，也就是沒有飛行能力。

牠就像搞笑漫畫的登場角色那樣在空中擺動了幾次腿，最後帶著錯愕的表情在重力的影響下墜落。

儘管擬態精靈不會感覺疼痛或恐懼，但那模樣實在充滿了哀愁感。

我為留下紅色殘光後消滅的貝西摩斯默哀著。

覺得敗興的不只我們，就連水母好像也是。

牠縮回展開來威嚇的觸手，重新纏繞在世界樹的樹枝上。

「——呃，下一招！換下一招吧！這次可是認真的！」

彷彿在逃避我的視線一般興致高昂地這麼宣告後，雅潔小姐使用「魔光球創造」製作出直徑十公分的光球——威斯普。

我請她將威斯普往水母的方向移動。

接近至一定距離後，察覺威斯普的水母伸出了觸手。

被觸手纏繞的威斯普逐漸失去外型最終消滅。我的「魔力視」技能所見的視野裡，可以看到光之殘渣被水母的觸手吸入的景象。

接下來用稍強的「風精靈創造」所製作出來的希爾芙似乎可以承受水母的觸手。

由於視覺上有點十八禁的感覺而讓人羞於目睹，中途就請雅潔小姐解除魔法了。

雅潔小姐滿臉通紅的焦急模樣實在很可愛。

緊接著進行物理攻擊的實驗。

我用妖精劍砍向觸手後輕輕鬆鬆就砍斷，所以其軀體應該就像外觀一樣脆弱吧。砍下的觸手則是作為實驗樣本之用先回收至儲倉。

將填充魔力後的青銅槍投向水母附近後，對方出奇靈活地將其接住並送入口中。若是應用一下的話，毒殺起來好像會很簡單。

最後我試著使用道具。

用來驅趕魔物的聖碑和對付不死生物的聖水完全沒有效果。

看來水母果然和魔物、魔族都無關，是虛空中的原生生物吧。

倘若卡麗娜小姐保管的「封魔之鈴」在此，應該也無法盼望其效果。

「實驗結束了？」

「不，接下來我打算測試水母的耐久力。」

我在化解水母攻擊的同時一邊用妖精劍陸續劈砍觸手。

最初砍斷的觸手已開始生長固然讓我驚訝，但還好不是砍下的瞬間就重新長出。

砍斷所有的觸手後，我讓雅潔小姐再次召喚出來的希爾芙將水母的傘狀部分剝離世界樹。

大約遠離了一百公尺左右，水母內部的亮光便開始劇烈閃動。

光轉變為紅色，水母的外型逐漸染成暗紅色。據雅潔小姐所言，這似乎就是失控初期狀態的特徵，世界樹會對其產生反應而進入警戒狀態。

這種初期狀態下僅世界樹會有反應，等狀態持續一段時間後好像就會將失控狀態逐一傳播給周邊的水母。

就在確認這些現象的期間，纏繞紫電的世界樹樹枝朝著全方向發出電擊。

我和雅潔小姐待在一起所以並沒有襲來，但掛在世界樹上的水母觸手就被電擊燒得焦黑，被通過附近的電擊所擊碎的晶枝也在重力的影響下紛紛墜落。

因為太過浪費，我便用「理力之手」抓住晶枝並收進儲倉裡。畢竟這好像是製作魔法杖的優秀素材呢。

接著，在水母的傘部拉開足夠距離後，我讓希爾芙放開手。

然後朝著開始墜落的水母施放出下級魔法當中威力最大的「火球」。

未受電擊攔截而飛出去的火球，在足夠遠離世界樹樹枝的位置命中水母的傘部，挾帶「小火焰彈」所無法比擬的閃光與爆炸火焰將其燃燒殆盡。沒有氧氣似乎也不會造成影響的樣子。

或許是一擊打倒了水母的緣故，其他水母們並未受到影響而失控，世界樹也沒有發出追加的電擊。

只要一擊同時殲滅所有的水母，應該就能在不傷害世界樹的情況下將其打倒了。

話雖如此，有世界樹樹枝這個障礙物的存在，實行起來大概不可能吧。

「好……好厲害……是豪焰球？還是爆焰烈球呢？」

面對驚訝的雅潔小姐，我在有些得意之餘一邊回想剛才「火球」命中時的景象。

我全程都用「魔力視」技能進行監視，發現命中的前一刻從「火球」流入水母的魔力僅有些許而已。

看樣子，沒有觸手的水母在魔力吸收能力上也變弱了。

另外，若只有砍斷水母的觸手，水母本身固然會反擊，但好像不會引發世界樹的電擊。

我將結果記錄起來，同時和雅潔小姐一起移動至下個場所。

「佐藤，不可以把卵弄破哦？」

「是的，我知道。」

接下來要前往的，是產卵後的水母所在處。

抱卵的水母似乎很敏感，所以我們待在一百公尺外的地方進行觀察。

那裡擺放著十顆渾圓球狀約籃球大小的透明卵。

其周圍還有三十個左右已經破掉的卵殘骸，被從中流出的液體沾濕之後的世界樹樹枝已經變色。

我轉動目光，見到雌水母的觸手上還附著有幾隻水母的幼生體。

數量比起破掉的卵少了許多，於是我便詢問雅潔小姐是何原因。

「嗯——是為什麼呢？我問問看吉雅吧。」

雅潔小姐詠唱空間魔法「範圍遠話」，建立起瞭望台的吉雅小姐和我之間可以通話的狀態。

據說在虛空中，好像可以籠罩十公里左右的範圍。

『——卵和幼生體的數量嗎？』

『是的，相較於破掉的卵，幼生體的數量感覺很少。』

『因為水母的卵大多是未受精卵。這點是布拉伊南氏族和貝里烏南氏族的精靈們告訴我的研究結果——』

綜合吉雅小姐的訊息，水母似乎是藉由卵破掉時的液體來汙染樹汁，藉此激發出世界樹的抗體，然後再吸收其中蘊含的濃郁魔力作為養分，只有少數的卵會孵出幼生體。

『只不過，據說兩氏族都無人目擊過幼生體孵化的瞬間。我也觀測過水母的卵，但雌水母在孵化的時候都會以傘狀體覆蓋住卵加以阻擋……』

原來如此，順便詢問一下關於樹汁的汙染好了。

『關於汙染樹汁這件事，難道不會對世界樹造成負面影響嗎？』

『當然會哦。包括剛才提到的抗體也是，由於樹汁變質後會造成阻塞，使得流入樹幹的魔素量隨之減少。』

貝里烏南氏族好像已經開發出能將凝固的汙染樹汁溶解的藥品，目前是針對阻塞嚴重的地方酌情進行處置。

話雖如此，一旦在水母的附近去除掉汙染樹汁的阻塞，水母似乎就會和攻擊卵的時候一樣陷入失控狀態，所以只能使用在保持一定距離的場所。

——嗯？剛才的情報裡感覺有個令我在意的地方。

我回味著剛才的內容。

不過，在化為具體詞彙之前就完全煙消雲散了。

「佐藤，接下來要去看哪裡？」

因為目光向上望來的雅潔小姐格外地將臉龐湊近，擾亂了我的思考。

「這個嘛——」

雖然很想繼續虛空約會，但關於水母該調查的資訊都完成了。

我伸出「理力之手」確保汙染樹汁以及卵破掉後的碎片以作為樣本，然後和雅潔小姐一起離開了虛空。

背對著太陽，我們飛行在返回世界樹的路上。

我在瞭望台的下方，樹幹的凹陷處發現反射出刺眼陽光的物體。

流線形的船體像極了勇者隼人的次元潛航船朱爾凡爾納——是精靈的光船。

銀色的船體有一部分已經變成黑色。

「焦黑得很嚴重呢。」

「好像是為了掩護即將遭受電擊的多腳魔巨人時被燒焦的。」

光船好像和雅潔小姐一樣都被視為是世界樹的一部分，所以一般來說不可能會遭受攻擊。

「不過只有表面受損，只要駛回世界樹就可以修復了。」

居然還附帶了自動修復機能。

仔細一看，光船的表面覆蓋著膠狀的透明黏液。

「還有其他光船要駛入周圍的凹洞裡嗎？」

從間隔來看，好像一共可以停放八艘。

「波爾艾南的光船一共只有四艘。原本每棵世界樹都備有八艘光船，不過——」

這麼交談的同時，我們一邊穿過瞭望台的圓頂。

降落至地上後，我們和前來迎接的巫女露雅小姐及吉雅小姐會合。

由於沒有緊急的要事，我們便持續剛才的對話。

站著說話也不太妥當，幾人於是占據了瞭望台一角的涼亭。

「失去四艘光船的原因是長年劣化嗎？」

「不是哦。大約一千幾百年前曾經發生過哥布林魔王作亂一事。眼見世界即將要毀滅而傷透腦筋的巴里恩大人出言請求，我們於是就派出了光船……」

「當時被擊沉了不少呢。」

「嗯，出動八艘結果只回來了一半。」

超過兩千歲的吉雅小姐附和著看似悲傷的雅潔小姐。巫女露雅小姐因為還年輕，所以不知道當時的事情。

當時好像還沒有沙珈帝國，勇者召喚也不曾被實行過。

「最後，我們只能將魔王的軍團驅趕至大陸邊緣，於是巴里恩大人從龍神大人那裡學到了勇者召喚的魔法，將一切都託付給了最初的勇者對吧？」

「——嗯，我還隱約記得。明明是個小孩子，卻手持巴里恩大人和龍神大人賜予的兩把聖劍打倒了哥布林魔王呢。」

初代勇者似乎是個二刀流的樣子。

撇開這個不提，對方竟然打倒了集結六十四艘朱爾凡爾納的同型船也無法戰勝的對手，看來初代勇者的實力非常強悍。

「勇者從那個時候起就是超乎常理的存在了哦。」

請別看著我一邊這麼說好嗎。我已經有所自覺，所以更是覺得如坐針氈。

「而且，他還算得很精呢。居然把一度被擊沉的波爾艾南光船修復後拿來使用。」

「唉呀？不是送給他作為消滅魔王的獎勵嗎？依稀記得他說會代代傳承下去哦。」

原來如此，朱爾凡爾納是有這一層關係才會成為沙珈帝國的東西嗎。

話說回來，既然光船減少是千年以前的事情，這段期間裡為何沒有重建呢？

「其他氏族靠著積蓄下來的聖樹石重建空缺的光船，恢復了八艘的編制。」

我等了好一會，但吉雅小姐仍沒有透露唯獨波爾艾南氏族未重建的理由。

她告訴我重建光船需要大約一噸重的聖樹石。由於還有其他用途，所以大概每隔十萬年才能存下一艘光船所需的聖樹石。

雅潔小姐用有些內疚的口吻開始講述。

「波爾艾南因為缺乏聖樹石，所以無能為力。」

從前，孚魯帝國開始興盛的時候，以該國大使身分造訪的皇族帶來了遊戲裝置，使得雅潔小姐以外的其他兩名高等精靈完全沉迷於其中。

「這也是沒有辦法的。僅有三人的高等精靈當中已經有兩人完全沉迷，我們這些原本應該出面勸誡他們的精靈也幾乎跟著一起迷上了遊戲。」

據說缺乏娛樂的高等精靈和精靈們為了遊戲裝置而陷入瘋狂，竟將存下的聖樹石拿來作為裝置的支付款項。

不懂得做生意的精靈們，就這樣被孚魯帝國的皇族敲詐得一乾二淨。

我恍然大悟，腦中頓時掠過將棋精靈們那副瘋狂的模樣。

「經過千年的歲月，各種遊戲裝置都已經損壞，如今連一件都沒有流傳下來。」

讓精靈們為之瘋狂的遊戲裝置使我很好奇，但執行的機台好像已經不存在了。

根據吉雅小姐所言，買回來之後過了千年恰好就損壞。

簡直就像某廠商的家電一樣。暫時就叫它「孚魯定時器」吧？

「大家覺得沮喪是無所謂，不過真希望他們不要把自己關在睡眠槽裡……」

「精靈的年長者也是呢……突然就退休，使得接班人的位子出現了空缺，實在很傷腦筋哦。」

原來如此——等等，奇怪？

之前不是說睡眠槽的精靈們是懷著不願遺忘的回憶而入眠的嗎？

所謂不願遺忘的回憶，該不會就是玩遊戲機的記憶吧？

嗯，一定不是這樣。換個話題好了——

「那個孚魯帝國收集那麼多聖樹石，究竟打算做什麼呢？」

「僅僅三百年的時間，他們就成為了統治全大陸的魔法帝國哦。對方加工聖樹石之後製作而成的蒼幣據說兼具了高性能魔法裝置的啟動鑰匙及核心零件的作用。同時也是帝國貴族的象徵哦。」

哦——蒼幣嗎……等等？

——我不是有嗎？

我不經意地在儲倉的貨幣資料夾裡搜尋之後，發現存在著兩萬枚以上的孚魯帝國蒼幣。

這些大概是「龍之谷」的戰利品吧。

最初檢視戰利品時，由於種類太多以及一千萬枚以上的孚魯帝國金幣帶給我太大的震撼而延後清點，結果就這樣忘記了。

因為除希嘉王國的貨幣以外都派不上用場，所以我當時隨手就歸類成一堆並塞進外幣資料夾裡。

「——佐藤先生，那是！」

「是的，就是孚魯帝國蒼幣。」

我向驚訝的吉雅小姐點點頭，一邊把玩手中的蒼幣。

體積比我想像中大，一枚大約一百公克重。全部用掉的話，應該可以讓兩艘光船復活吧？

若對方願意在我活著的時候出借一艘光船，我也不會吝於交出兩萬枚的蒼幣。

提供了這麼一大筆之後還剩下好幾千枚，所以製作藥品和魔法道具時應該就不用發愁了。

我試著提出心中的想法後——

「被加工成蒼幣的聖樹石無法再送回世界樹。雖然可以用來進行魔法金屬的鍊成和作為多腳魔巨人的智慧迴路素材，不過……」

「這樣啊——既然如此，請用在這些用途上吧。」

我透過萬納背包從儲倉取出裝有千枚蒼幣的大袋子，放在涼亭的桌子上。

「這……這裡面全都是蒼幣嗎？」

「是的，請隨意使用。」

「佐藤，我們很缺聖樹石，所以你的心意讓我們很高興。但你終究不是波爾艾南的居民，這樣做真的好嗎？」

不同於眼睛變成金錢符號撲向大袋子的吉雅小姐，雅潔小姐顯得很含蓄客氣。

「請不要那麼見外。只要您將我當成波爾艾南的名譽市民就很夠了。」

我牽起雅潔小姐的手這麼訴說道。

「——佐藤。」

看似感動萬分的雅潔小姐頂著濕潤眼眸的模樣實在太糟糕了。如果沒有吉雅小姐和巫女露雅小姐在場，我差點就要忍不住把她推倒了。

「佐藤先生？」

或許是感受到這種氣息，目光輕蔑的巫女露雅小姐拋來一句牽制發言。

雖然口吻聽起來好像在追求對方，但唯獨這一次我絕對沒有那種意圖。

世界樹的危機，很有可能輾轉演變為全世界魔素不足的重大案件。

我的腦中閃過因魔素不足而變得枯黃的矮人之村周邊。

要是全世界都變成那樣子，就根本沒辦法繼續遊山玩水的旅程了。畢竟觀光地的人們如果沒有笑容，果然還是令人開心不起來呢。

順帶一提，關於多達兩萬枚的蒼幣出現在「龍之谷」戰利品當中的原因，其答案在不經意間揭曉了。

「說到這個，據說蒼幣在孚魯帝國末期被當成送給龍神大人的貢品哦。記得當時盛傳是為了尋求對抗魔王『黃金豬王』的兵器所以才獻給龍神大人的。」

「兵器嗎？」

「是的，詳情並未公開，不過大陸中央的廣大沙漠就是『黃金豬王』與孚魯帝國進行最終戰爭時的產物，其威力就連波爾艾南之森這裡也可以感受到地震哦。」

聽著吉雅小姐的說明，我一邊操作儲倉將公都獲得的大陸地圖顯示在主選單內。

不知精準程度如何，但大陸中央到西部一帶確實存在著將近兩成大陸面積的廣大沙漠。

倘若地圖為真，就算是氫彈連發也不可能有這種威力。

不知那是何種兵器，真希望它已經不存在於世上。

——應該說，別造出那種兵器啊，龍神。

其糟糕程度僅和神劍有著不同的方向性。

忽然間，我回想起從魔法欄當中使用的「流星雨」。

要是將手中的聖劍全數填充魔力至極限，把它們當作電池來連續使用「流星雨」的話，感覺好像就可以辦到相同的事情了。

嗯，絕對要避免發生導致「流星雨」連發的事態。

畢竟我可不想獲得魔王或大魔王之類的稱號！

◆

「——就是這樣，希望大家提供點子來驅除那些破壞重要樹木的害蟲害獸。」

回到地上，我將世界樹遭到水母盤據的事情換個方式告訴大家，藉此收集眾人的點子。

像這種初期階段的腦力激盪，還是多多向他人詢問比較好。

儘管荒唐的方案很多，但偶而會出現連專家也意想不到的好方法。

「驅除害獸嗎——動物用高壓電流，如果是蟑螂就用硼酸丸子，至於白蟻的話就是毒餌了呢。」

「這些都已經嘗試過了。關於用毒，其他的氏族應該持續在研究當中。」

聽完亞里沙的建議，巫女露雅小姐透露了處理狀況。
其他還出現好幾個方案，不過幾乎都已經實行過了。
由於是一大群就連祖母的智慧錦囊也為之遜色的長壽種族，經驗和點子想必都很豐富吧。
「嗯——大多數的方法都試過了嗎——」
「用推的不行，只要改用拉的就可以了喲！」
對於亞里沙的喃喃自語，波奇很有活力地發言道。
「具體來說呢？」
「那是亞里沙和主人要思考的喲？波奇負責執行喲。」
波奇坦然回答沒有具體方案。
亞里沙嘟噥了一句：「搞什麼嘛！」然後直接趴在桌子上。
亞里沙寬鬆柔軟的頭髮在桌上攤開，一部分跑出了桌子邊緣。
——沙沙。
厭倦了會議而躺在地面草皮上的小玉，此時玩著亞里沙跑出桌邊的頭髮並發出這種聲響。大概是每當亞里沙呻吟時髮梢都會擺動而覺得好玩吧。
居然對於會動的物體產生反應，就像真正的貓一樣。

——嗯？怎麼回事。

小玉的動作有件讓我在意的事情。

我捏著亞里沙的頭髮上下擺動後，小玉便整個人撲向了頭髮。

「佐藤先生，如果累了而無法認真思考，今天就先到此為好嗎？」

「啊，不好意思。我剛才想到一個點子，正在構思其中的細節。」

我這麼告訴巫女露雅小姐，然後公開自己的想法。

「用假餌的話怎麼樣？」

「是釣魚時使用的那個嗎？」

我點點頭，逐一說明要如何使用。

「換句話說，並非用蠻力去除水母，而是讓水母自己離開對吧？」

「是的，沒有錯。」

我點頭同意巫女露雅小姐的確認。

「太陽～？」

「是喲！主人就是『北風和太陽』的太陽公公喲！」

小玉和波奇舉起手來發言道。

她們大概是聯想到亞里沙說過的故事了吧。以比喻來說有點微妙，不過兩人得意洋洋的

模樣很可愛，我於是就撫摸她們的腦袋並稱讚「懂得很多呢」。

「不過，這種方法就沒有人驗證過嗎？」

面對亞里沙這個理所當然的疑問，巫女露雅小姐看似很難啟齒地回答：

「我們很早就知道牠們會被魔力吸引，但以魔力為餌之後曾經引發過失控和大量增殖，所以……」

自從那之後，好像就沒有人提出這個方案了。

接下來又出現了幾個好點子，所以我按照在公司開會時的習慣製作議事錄，然後交給了巫女露雅小姐。

「——勇者無名的發言自有一番道理。我們布拉伊南氏族贊成他的提議。」

「我……我們貝里烏南氏族也支持勇者無名的提議哦！」

我如今正以雅潔小姐的觀察員身分，參加了聖樹會議這個高等精靈們的會議。

那個時候的議事錄，最終被輾轉上報給了聖樹會議。

由於不希望在波爾艾南氏族之外讓佐藤這個名字聲名大噪，所以我就介紹自己是勇者無名。

世界樹的連線會議室裡，我在看著其他氏族的高等精靈影像同時一邊打量著會議的情勢。

不同於以前公司裡的視訊會議系統，這邊的連線會議室是和真人一模一樣的立體影像投影。

看起來很真實，所以連線延遲的現象感覺更為明顯。

剛才首先贊成提案的布拉伊南氏族似乎是出了名的研究狂。

第二個贊成的貝里烏南氏族也是著名的研究氏族，但不同於求道者心態的布拉伊南氏族，他們被認同的欲望比較強烈。

「等等，水母會被魔力吸引的性質相信大家都知道。莫非各位忘記我們比羅亞南氏族當初的失敗了嗎？」

比羅亞南氏族的高等精靈厲聲訴說著。

「你是說以魔力為誘餌，結果導致了水母的失控和大量增殖對吧？」

「我們當然記得哦。不過，這次的方案是要尋找魔力以外的誘因物質。倘若能夠成功吸引水母同時避免失控，就足以讓我們支持了。」

最初表示贊成的兩氏族，向反對派的高等精靈講述了提案的主要內容。

「……知道了。既然僅在一處世界樹進行誘因物質的研究，我們比羅亞南氏族也投下贊成票吧。」

「實驗地點就由我們布拉伊南氏族負責——」

「等一下！藥品方面是貝里烏南氏族的成果更為輝煌！就由我們來做！」

打斷了布拉伊南氏族高等精靈的自告奮勇，競爭心態強烈的貝里烏南氏族高等精靈出言爭奪。

對方擅長藥品似乎是事實，布拉伊南氏族的高等精靈也表示「既然這樣，就交給貝里烏南氏族」，所以實驗場就決定是貝里烏南氏族的世界樹。

雖然經過一番波折，但繼這些氏族之後，茲瓦卡南、札恩塔南、巴雷歐南、達渥薩南這四個氏族也同意，最後是紅頭髮的比羅亞南氏族高等精靈表明了贊同。

「勇者無名，稍後會將我們比羅亞南氏族失敗時的紀錄傳送給雅潔。請以我們的愚蠢行徑為鑑，拜託你擬定消滅水母的方案了。」

奇怪？怎麼好像變成我要自己製作水母的誘因物質了？

嗯，也罷。畢竟好像可以獲得參考資料，況且還有水母的活體樣本。

為了世界樹——進而為了雅潔小姐以及觀光地的笑容，我並不排斥進行驅除水母的研究。

「是的，我會盡自己的微薄之力。」

「就算說謊也罷，你應該說自己會竭盡全力才是。等到要消滅水母的時候，我會讓你在絕佳的位置欣賞我的火焰精靈伊夫利特，所以一定要成功。」

說畢，比羅亞南氏族中斷連線，其他氏族也分別告辭後關閉了線路。

因為對方的個性好勝所以在一開始沒有察覺，原來比羅亞南氏族的高等精靈撇開頭髮的顏色後，長相實在像極了雅潔小姐。

我對此感到好奇，於是試著詢問雅潔小姐。

「我們高等精靈是從創造神大人的七個原型製作出來的，所以除了她們以外還有好幾個人的長相都一樣哦——莫非佐藤你喜歡像芙潔那樣的女孩嗎？」

見到那彷彿小貓遭到拋棄一般的不安表情，我不禁想要擁抱對方。

身為亞神的她活了一億年以上，自然不可能會愛上我才對，但目睹了對方的那種態度，難免會像個自戀男一樣會錯意。

◆

「進行研究需要場地吧？一定很需要對吧？我聽雅潔大人說過佐藤先生要幫聖樹會議的忙。是她告訴我的哦。所以，我打算借你使用父親大人的房子。這個主意很棒吧？」

從聖樹會議返回的隔天，我接受了蜜雅母親的這番建議。

她口中的父親大人，就是製作出「搖籃」的托拉札尤亞先生。

「——就是這裡嗎？」

「嗯嗯，是啊。就是這樣。」

在蜜雅母親帶領下，我們透過轉移來到了位於波爾艾南之森東方，一棟被湮沒在樹海裡的白色房子。

不同於普通的工房，它位於相當遠離世界樹的場所。

之前聽說是研究的場所，但從地圖情報看來是很普通的房子。勉強要說有什麼特徵的話，就是爬滿房子外面的藤蔓了。

「基里爾在嗎？一定在吧。」

不待回應，蜜雅母親便打開房門進入其中。

「莉莉娜多雅大人，歡迎您過來。」

房子內部走出一名棕精靈男性。

身高就像個孩童，但臉部和手明顯是老人的樣子。

「基里爾，好久不見了。一定很久沒見了吧？你看來很有精神，臉色非常好哦。」

「莉莉娜多雅大人您也很有精神，真是太好了。」

基里爾先生在與蜜雅母親交談的同時，用銳利的觀察目光瞥了我一眼。

「是的，很有精神哦。非常有精神。對了，這個先給你。這是父親大人的手記。是佐藤先生送回來的哦？是他找到的。基里爾你也很想看吧？一定很想看對吧？」

原本如柳樹迎風那樣傾聽著蜜雅母親連珠砲般發言的基里爾先生，在聽到「父親大人的手記」時露出了驚訝的表情。

猶豫了好一會，他忐忑地將手伸向手記。

簡直就像是在收下神聖的典籍一樣。

將手記抱在胸前沉浸於感慨中好一段時間後，基里爾先生彷彿想起了當前的狀況而猛然轉向我這邊：

「這位就是莉莉娜多雅大人的恩人了吧。」

或許是錯覺，基里爾先生的目光好像變得比剛才更加柔和了。

「嗯嗯，是的。沒有錯哦。」

蜜雅母親這麼點頭，再度展開了連珠砲。

「我希望你可以讓佐藤先生使用父親大人的房子。一定可以吧？已經獲得了雅潔大人的許可哦。萬無一失。」

「繼承了賢者大人遺產的莉莉娜多雅大人和聖樹大人都同意，我自然不會反對。」

基里爾先生似乎將托拉札尤亞先生稱呼為賢者的樣子。

「佐藤先生，請收下這把鑰匙。」

「鑰匙？看起來很像是護身符呢。」

「那麼，現在要進行使用者登記。■■　轉讓，『佐藤』。」

基里爾先生忽略我的感想，逕自行使了職務。

金色的鑰匙對他的詠唱產生反應並發出藍光之後，鑰匙表面就出現了精靈文字的「佐藤」。

這大概就是使用者登記了吧。

「那麼，接下來為您介紹通往地下研究室的轉移門使用方法。」

我在基里爾先生帶領下跟著他前往轉移門。

至於蜜雅母親在表示自己的任務已經結束後就返回家裡了。

這裡的轉移門不同於「妖精之環」，是以連接著纜線的晶枝環製作而成，有些機械風格的科幻感。

「一旦進入圓環中，地板的開關就會啟動並自動進行轉移。請先等我消失之後再進入圓環當中。」

我點頭後，基里爾先生便進入圓環，挾帶綠色的特效消失無蹤。

撇開啟動開關就像個自動門這一點，其餘就跟普通的「妖精之環」一樣。

轉移出來的地方是一片遼闊夜空——不對，是高聳的天花板。似乎是岩石表面的青苔和礦物在發光的樣子。

根據地圖情報，這裡是位於房子地下七百公尺深的地下空洞。空間實在很寬闊。

「那麼，要啟動照明了。」

基里爾先生觸摸牆上的按鈕之後，路燈開始發光，天花板附近的光之全景圖就看不到了。

在燈光照耀的前方，有好幾棟看似大樓的建築物。

那應該就是托拉札尤亞先生的研究所和實驗棟了吧。

我們進入其中最為氣派的建築物裡。

「這裡就是主研究所。」

裡面的地板和牆壁是以亞麻仁油一般的樹脂製成。就跟之前在「搖籃」裡所見的托拉札尤亞先生的研究室很相似。

研究室裡有資料室、圖書館，還擺放有比魔法道具工房更大規模的鍊成裝置。

鍊成室內部的收納庫裡還有更為異樣的東西。

——那是什麼？

地板上豎立著好幾根能容納一人進入其中的玻璃圓筒。

「那是用來培養及修理魔造人的培養槽。賢者大人主要拿它來製造生物零件。」

聽著基里爾先生的說明，我試著搜尋儲倉內在「搖籃」事件裡獲得的托拉札尤亞先生資料。

根據找到的說明手冊，利用這個裝置似乎就能追加娜娜的理術了。

總覺得就像是遊戲當中常有的強化事件一樣。

◆

研究第一天，我閱讀著器材的說明書一邊與測試流程展開惡鬥。

設定且熟悉這種器材意外地花了我不少時間，所以我希望能在天亮之前將其搞定。

身為研究所主人的托拉札尤亞先生似乎習慣寫開發日誌，因此我也來學他這麼做好了。

研究第二天，吉雅小姐來訪並交給我其他氏族送來的所謂資料以及檢體。

我將其收進儲倉，運用平行思考同時閱讀好幾份資料。主選單的字串搜尋發揮了久違的作用。這些能力要是用在開發遊戲的話，鐵定不會再過著爆肝的日子了。

另外，資料和檢體好像是透過世界樹之間的轉移門送來的。據說由於傳送成本太高所以平常並不會使用。

研究第三天，我看完了資料。精靈們似乎比我想像中還要優秀。

他們幾乎已經完成了忌避物質的研究。由於在尋找誘因物質的過程爭可以省略掉這些步驟，所以能夠進行得比預期中更有效率。

就用虛空中回收的水母觸手作為樣本開始進行實驗吧。

研究第五天，研究遭遇了困難。難道就沒有除魔力之外的誘因物質嗎？

研究第六天，就在我仗著體力過人而肆意揮霍之際，遭到基里爾先生斥責叫我去小睡一下。

說到這個，總覺得思考能力有些下降。五天以上不眠不休地作業果然效率比較差。

露露送來的泡芙就等睡醒之後再吃吧。

想必跟濃濃的黑咖啡是絕配。

研究第七天，睡眠果然很偉大。

恢復清晰思考的我中斷了毫無方向的實驗，回歸至基本的資料搜尋。

在托拉札尤亞先生的資料室和圖書館的資料中，我察覺到留有過去數萬年來水母造訪時紀錄的分析資料。

我將其複印起來，送給包括貝里烏南氏族在內的其他氏族各一份吧。

研究第八天，有了一點進展。

在讓基里爾先生品嚐龍泉酒的時候，觸手產生了反應。

這是以黑龍的魔法製作出來的酒，我以為是其中蘊含的微量魔素所致，但對於其他的蒸餾酒也有些許反應。

我用好幾樣素材完成實驗，並拜託基里爾先生幫我把報告書送出去。

研究第十天，手中的酒類已經調查完畢，所以這次以調味料來觀察反應。

或許是醬油加熱後的氣味影響，實驗中我把水母的觸手看成了章魚腳。雖然忍不住很想試吃一根觸手看看，但搞不好會中毒所以就先自重吧。

傍晚我收到了喜歡研究的貝里烏南氏族和布拉伊南氏族回覆的各種酒類實驗結果。像這種驗證過程，研究員一多果然速度就很快了。

研究第十天的晚上，我終於屈服於好奇心製作了照燒觸手。

乘著白天餵食觸手之後的實驗用老鼠並沒有出現變化。

稍微吃了一點，發覺比想像中還要美味。儘管還不到絕妙的程度，卻是會令人上癮的味道。搭配龍泉酒一定很棒。

研究第十一天，實驗用的老鼠吐血死掉了。

我沒有什麼異狀，但看來還是不要讓別人吃比較好。

為保險起見，我用代替胃鏡的「眺望」觀察內臟但並未發現炎症之類的異變。

傍晚時分，貝里烏南氏族送來了報告，表示他們已經著手開發以酒精為主成分的誘因魔法藥。

由於包括味醂在內的調味料都以失敗告終，我從明天起也進入這方面的研究吧。

研究第十二天，肚子好癢。真不應該好奇吃看看的。

盲腸裡出現了某種白色纖維狀的東西。

癢……美味……

◆

我用力闔上研究日誌將其收入儲倉。

最後那句開玩笑的話還是刪掉吧。白色纖維狀的東西就跟世界樹的汙染樹汁當中產生的結晶是相同物體，所以靠著貝里烏南氏族開發的魔法藥並沒有造成大礙。

「佐藤大人您竟然會從研究室出來，真是稀奇。」

我在休息所進行伸展操之際，拿著一包香噴噴東西的基里爾先生出現了。

來到托拉札尤亞先生的地下研究室之初是稱呼我為「佐藤先生」，但如今卻變成了「佐藤大人」。

「剛才露露小姐來過，留下了慰勞品。」

我每天都會使用一次空間魔法「眺望」查看大家的狀況並以「遠話」進行交談，但利用歸還轉移回去露面的次數就屈指可數了。

「我剛好肚子餓了。基里爾，幫我泡杯茶。你也一起來吃吧。」

「是的，我願意作陪。」

包裹裡放了信紙，於是我乘著基里爾先生泡茶的期間瀏覽一番。

——哦哦！這是！

意想不到的好消息讓我恢復久違的開朗心情。

「您似乎收到了好消息呢。」

「嗯嗯，是啊。好像終於找到了薑黃和孜然！」

信中寫著矮精靈的探險隊找到了薑黃，至於守寶妖精的探險隊則是發現了孜然。

雖然之前已經尋獲芫荽和豆蔻之類的香料，不過唯獨這兩種遲遲未能發現。

「這樣一來就能製作咖哩了哦。」

明知道現在不是這種時候，我卻對久違的咖哩心中雀躍不已。

「說到咖哩，就是勇者母國的夢幻料理吧。」

「嗯嗯，信中寫著終於湊齊材料了。」

儘管交給露露和妮雅小姐她們處理的話應該就能吃到美味的咖哩，但我終究還是想去幫點忙。

「我要請個兩、三天的假。」

誰叫都快不眠不休地持續工作兩個星期了。

「那真是太好了。畢竟還有其他的精靈大人們——」

您用不著一個人這麼賣力——基里爾先生這麼說道。

「那麼，我先走一步。基里爾，不好意思，請幫我把誘因魔法藥的樣品和製作法送過去。」

「這……這麼短的期間內就完成了嗎？」

我將研究成果交給驚訝的基里爾先生。

這是我昨天不屈不撓之下完成的第一試作品。

誘因魔法藥的量產和改良就全盤交給貝里烏南氏族好了。喜歡研究的他們，想必最終一定可以將其完成的。

◆

「我回來了。味道很香呢。」

一回到樹屋，屋內便飄來香料的氣味。

「主人～？」

「歡迎回來喲！」

「佐藤。」

在我出聲後，小玉、波奇和蜜雅三人以驚人的速度俯衝而來。這三人都用腦袋或臉頰不斷在我身上磨蹭。

看樣子，我好像放著她們不管太久了。

「主人，強化包的安裝是否還未確定——這麼詢問道。」

「抱歉抱歉，最近都忙著研究，培養槽還沒有修護完畢哦。」

我這麼告知後，娜娜顯得鬱鬱寡歡。儘管表情變化很少，但誰都看得出她很沮喪。

之前回來的時候，我告訴她或許已經有辦法追加理術，所以她似乎一直滿心期待著吧。

「可以再等我一陣子嗎？從波爾艾南之森啟程之前一定會讓妳可以使用的。」

「接受主人的指令——」

仍持續在沮喪的娜娜讓我看不下去，於是便提出了一個建議。

「乘這個機會，妳先跟其他孩子們商量一下，列出要追加何種理術的清單吧。」

「這……這個——真是非常棒的提議——這麼稱讚主人！」

臉上發燙的娜娜從一直抱著我的少年組上方同樣也向我抱來。

被夾在我和娜娜之間的蜜雅喃喃說了一句「有罪」，不過高興的娜娜好像沒聽到。

「主人，您回來了。」

「歡迎回來，主人。」

前往廚房後，我發現莉薩和亞里沙兩人正站在遠處觀看廚師們。

兩人的任務似乎是在阻止羽妖精的入侵。

「快放開！」

「好想要撲向那種香味！」

「嗚哦哦哦哦！」

就像這樣，一旦讓羽妖精接近，他們就會因香料的味道而忘我地發動突擊。

對莉薩和亞里沙加油打氣一番後，我走向了露露她們。

「很香呢。」

「歡迎回來！主人，薑黃聞得太多的話鼻子會發疼，請小心一點。」

「嗯，我會注意的。」

我點頭接受娜娜一臉正經的叮嚀。

鼻子有點發紅的露露也很可愛呢。

話說回來，薑黃的味道有這麼強烈嗎？

畢竟是不同於地球的世界，說不定是很類似的另一種香料吧。

「佐藤先生，製作法當中的香料已經找齊了。目前正在按照製作法的記載進行香料的前置處理。」

正在用研磨器磨碎香料的妮雅小姐一看到我就告知了目前的進度。

發現香料的守寶妖精和矮精靈的探險隊，據說如今正在精靈的公共浴場內消除疲勞當中。

我自己也想慰勞他們一下。

「莉薩，可以拜託妳跑一趟嗎？」

「是的，主人。」

我請莉薩將適合泡澡完享用，加入了水色碳酸的冰送到公共浴場的冰箱裡。

雖然酒類也不錯，但我特意選擇了泡完澡之後會特別感到美味的甜品。

「——糟糕。」

確認庫存後，我喃喃抱怨自己的疏忽。

「怎麼了嗎，主人？」

「沒有福神漬。另外，蕎頭也只有油漬的而已。」

說到隨附著咖哩的蕎頭，就是糖醋蕎頭了吧。

沒有了糖醋蕎頭和福神漬的咖哩就像畫龍缺少點睛一樣。

白蘿蔔因為全部送給了公都地下的歐克他們，就算要自己醃漬也沒有庫存。

「表情那麼凝重，我還以為你要說什麼呢……」

亞里沙頂著傻眼的表情這麼苦笑。

妳自己吃牛肉蓋飯的時候還不是在抱怨紅薑一點也不紅嗎。

調配完五種咖哩用的香料後，我為了湊齊欠缺的最後一塊拼圖而動身離開了波爾艾南之森。

——就為了親手弄到福神漬。

◆

「蕎頭？啊，才剛醃下去而已，要更久之後才能吃了哦——等等，客人？」

晚了一步嗎……

這裡是歐尤果克公爵領唯一有未加工蕎頭的地方，但我似乎是來晚了。

剛泡下去的話應該還可以洗掉，於是我不死心地大量購買了剛加工後的蕎頭。

公都像樣的店鋪裡並沒有看起來像福神漬的醃菜，所以我來到了醃菜攤位林立的場所。

「『福神漬』？沒聽過那種醃菜呢。」

光說名稱的話不足以傳達意思，於是我詳細解釋——

「用白蘿蔔那種怪東西做成的醃菜，這裡可沒有哦。」

——結果對方卻態度冷淡地搖搖頭。

說到這個，公都好像都對於白蘿蔔很忌諱吧。

「阿姨——弄點東西給我吃吧！」

「妳還沒吃飯嗎？可別只顧著把賺來的錢寄回老家啊。」

在沮喪之際，我旁邊的攤車有個性感的陪酒女打扮大姊姊正向攤車的阿姨撒嬌。那成熟的外表和年幼的心理營造出了反差萌的感覺。

「對了，庫哈諾伯爵領的商人帶來了很稀奇的醃菜哦。既然是妳老家的商品，就弄一些給妳吃吧。」

「耶——是庫哈諾漬！阿姨我愛死妳了！」

大姊姊開始吃的是一種小黃瓜和茄子的褐色醃菜。

「那邊的小少爺也要嚐嚐看嗎？」

「那麼，我不客氣了。」

或許是我好奇打量著的緣故，對方也請我吃庫哈諾漬。

這似乎是將小黃瓜和瓜類用醬油及味醂醃漬起來的醃菜。

真是相當美味——話說回來，這般調味不是福神漬嗎？

有點酸，不過應該就是這種味道沒錯。

「老闆，有沒有和這種味道一樣，卻是用白蘿蔔醃製的醃菜？」

「白蘿蔔？剛才隔壁的老闆也說過，像那種古怪的醃菜就算你走遍整個公都也找不到的哦。」

我懷抱期望的問題被阿姨老闆一刀兩斷，但正在喜孜孜地吃著庫哈諾漬的大姊姊卻給了我一道光明。

「庫哈諾伯爵領的庫哈諾漬也會放白蘿蔔哦。」

真的嗎——面對我的詢問，她點點頭後提供了更詳細的情報：

「庫哈諾漬是一種將各類碎蔬菜美味地保存起來的方法，不過賽達姆市或庫哈諾市應該也有販賣只有白蘿蔔的版本哦。」

原來如此，知道這些就很夠了。

接下來只要用地圖搜尋縮小目標——好，已經查到庫哈諾伯爵領的庫哈諾市和賽達姆市有幾家醃菜店正在販售。

「謝謝妳。這些算是情報費。」

「咦咦！這麼多錢真的好嗎？」

我將滿載著感謝之意的金幣塞給了惶恐的大姊姊，然後在間接幫助我發現福神漬的醃菜店裡購買了各種醃菜。

就在準備出發前往庫哈諾伯爵領之際，令人有些懷念的聲音傳入了我的耳裡。

「巫女，娜娜什麼時候會回來？」

「巫女巫女，娜娜的主人呢？」

「他們兩人都已經出遠門了，大概有一年左右不會回來哦。」

往聲音的方向望去，赫然見到跟娜娜感情很好的海獅人族小孩以及特尼奧神殿的巫女賽拉。

孩子們似乎正在幫忙賽拉的賑濟活動。

儘管很想過去打個招呼，但我如今出現在公都會顯得很不自然，所以只確認賽拉他們的氣色不錯後就離開了。

見到賽拉之後突然回想起來，於是我便前往將裝有金幣的袋子放入特尼奧神殿的捐獻箱裡。

順便還寄信給聖留市的魔法兵潔娜以及賽拉。

要不要也給卡麗娜小姐寫信呢？她或許還未回到穆諾男爵領，不過就算信先寄到也沒有問題吧。

至於王都的梅妮亞公主我就沒有寄信了。還是等抵達迷宮都市之後比較好呢。

那麼，距離目的地庫哈諾伯爵領有些遠。

那裡位於歐尤果克公爵領北邊的穆諾男爵領更北方。是我幫助年幼魔女顛覆小官吏陰謀的賽達姆市所在處。

我在前往公都時連續啟動「歸還轉移」後不到十分鐘就抵達，但接下來的路程就沒有「歸還轉移」專用的刻印板了。

從這裡開始，必須要一邊設置回程用的刻印版同時一邊進行移動。

乘這個機會，我路上順便來確認以前認識的那些人近況如何吧。

在小巷子裡解除變裝後，我重新變裝成勇者無名的黑衣服銀面具模式，接著利用「歸還轉移」移動至在公都旁邊製作出來的縱穴。

縱穴位在遠離獸徑的森林當中，所以不會被外人發現在轉移。

我的「歸還轉移」專用刻印版大致上都是像這樣設置的。

當然，防犯淹水措施也很完善。

雖然周圍不會有人，我還是先確認地圖後再用天驅飛上天空，就這樣沿著大河以貼近樹木的高度一路北上。

越過歐克的幻螢窟所在的陡峭葡萄山脈，我每隔一定距離就會設置日後造訪用的刻印版，同時也路過了古魯里安市及矮人們的波爾艾哈特附近。

最終就這樣順利地穿過歐尤果克公爵，進入了穆諾男爵領。

「嗯，看起來很順利，真是太好了——」

穆諾市的重建工作正在進行中，原先貧民窟的場所在土地重劃之後林立著整齊的長屋及加波瓜田。

都市外面也開墾了田地，種植著好幾種翠綠的蔬菜。

離開穆諾市，我站在遠處觀察已改名為潘德拉剛堡壘的怨靈堡壘。遠遠看起來，在堡壘裡照料橙雞和山羊們的那些孩子都很健康，一副非常快樂的樣子。

由於他們名義上是在我自己的別墅裡雇用的人手，所以還是偶爾用「眺望」魔法來確認他們有沒有遇到困難吧。

在空中飛向庫哈諾伯爵領的途中，地面傳來了喧囂聲。

看樣子是大規模的盜賊團和穆諾男爵領的士兵們正在交戰。在最前線驍勇善戰的是前義賊佐圖爾爵士及前冒牌勇者的現任士兵哈特兩人。

看起來他們占了上風，於是我僅在心中加油打氣，然後直接飛走了。

雖然穿插了這樣的突發事件，我在不久仍抵達庫哈諾伯爵領，並在距離日落還有一大段時間之際到達了賽達姆市。

稍微查看了一下，之前逗留時承蒙照顧的陶藝工房老闆和貓人奴隸女孩們似乎都過得很不錯。

那麼，就前往醃菜店吧。

有很多攤位已經打烊，但此行目標的醃菜店仍在營業中。

「我想購買白蘿蔔的庫哈諾漬，請問有庫存嗎？」

「是的，當然有哦！要包多少呢？」

熱情地回答我問題的少女，猛然打開了醃菜的蓋子。

和我在公都見到的庫哈諾漬同為褐色，但無疑就是我要找的福神漬。

為保險起見要求試吃以確認味道後，我便決定買光所有的庫存。

「哇哦——第一次遇到有人要統統買下來呢。連白蘿蔔之外的醃菜也要一起買，真的沒問題嗎？」

「是的，畢竟其他的也非常美味。」

並非客套話，而是事實。

這在我至今吃過的福神漬當中味道算是數一數二。特別是將七種蔬菜醃漬在一起的那種讓我最為喜愛。

完成目的後，我還不忘求購用途廣泛的圓形和長條白蘿蔔，然後連續使用「歸還轉移」

在日落之前返回了波爾艾南之森。

魔法果然很了不起呢。

◆

由於前一天只是完成咖哩粉還有品嚐過福神漬就匆匆結束，所以今天從一大早便開始進行咖哩祭的準備工作。

我乘著昨天拜託妮雅小姐，請她幫忙取得了樹屋前廣場的使用許可。

畢竟在樹屋的廚房裡烹調的話，會連整個寢室都充滿咖哩味。

除了同伴們、廚師精靈們還有那些棕精靈等成員以外，雅潔小姐一大早就出現在這裡了。

雅潔小姐是因為工作得太勤，今天似乎要休息一天。

在水母專用的誘因魔法藥開始量產之前，聽說負責守備虛空的精靈們也都是輪流替換下來休息的。

這次的咖哩祭由於還有大作戰前的壯行會這一層意義，所以即使是為了雅潔小姐，我也希望能圓滿舉行。

「娜娜，麻煩妳跟棕精靈們一起幫蔬菜削皮。」

「是的，主人。」

我以人海戰術請大家幫忙處理大量堆積的薯類和紅蘿蔔。

「莉薩，拜託你宰殺這邊的鳥。」

「知道了。」

我將萬納背包取出的山鳥交給莉薩。

這種鳥肉並不是雞，不過我打算製作成坦都里烤雞。那個筆記裡的咖哩食譜集裡也一起記載了這種料理，但坦都里烤雞必須要泡在醬汁裡半天以上才能拿來烤。

現在開始準備，中午應該剛好可以吃了吧。畢竟還能用水魔法加速其熟成。

我打算再製作雞排當作配菜，不過鳥肉好像不太夠吧？

「蜜雅，我想調一些鳥肉過來，妳知道可以找誰轉讓嗎？」

「嗯，比亞。」

回答很簡短，我想應該是可以拜託獵人比西羅托亞老師的意思吧。

蜜雅拍了一下單薄的胸膛比出「包在我身上」的手勢後，就帶著分站兩旁的小玉和波奇跑了出去。

「佐藤先生，調理器具準備好了。」

妮雅小姐前來呼喚我。在她身後可見到一直在努力重現咖哩的諾雅小姐身影。

火爐型魔法道具的另一端擺放有十個汽油桶大小的大鍋。

那種大鍋是魔法裝置的一種，據說鍋子本身會變熱然後進行調理。真是很有精靈的風格。

我站在火爐型魔法道具前，一手拿著大型平底鍋開始調理。

首先把切碎的洋蔥炒一炒。

那個筆記上寫著，慢慢炒過的洋蔥將會為咖哩增添微微的甘甜和香濃，所以非常重要。

至於大小清晰可見的洋蔥則是和紅蘿蔔一起切成星形或新月形狀作為裝飾，準備之後再加入咖哩。

所以，要緩慢地炒。

緩慢。

緩慢。

更加緩慢。

在妮雅小姐的背後，諾雅小姐不斷回頭偷看我慢慢炒著的動作。直至變成糖果色之後就宣告完成。

以前看的輕小說裡好像提過「洋蔥要炒到兩眼發愣為止」吧。

中。

「炒到這種程度之後請移入鍋內。」

我這麼告知，然後和露露交換地方。

妮雅小姐她們也站在露露旁邊開始炒洋蔥了。

在這段期間，我製作了醃漬坦都里烤雞的醬汁，然後將莉薩拿過來的山鳥肉逐一浸入其中。

雞胗和雞心稍後就當作獸娘們的點心吧。

至於軟骨，要不要提供給會喝酒的精靈們呢？

——嗯？

我感覺到樹蔭底下投來落寞的目光。是亞里沙和雅潔小姐。

如果讓亞里沙做菜的話鐵定是失敗收場，而雅潔小姐更是讓我看見打翻鍋子搞得全身都是咖哩的未來。

稍微思考後，我向兩人招了招手。

亞里沙和雅潔小姐都一副「我嗎？」的表情指著自己。

對此點頭後，兩人立刻帶著花朵綻開般的滿面笑容跌跌撞撞地跑來。

一想到接下來的事情我就不禁感到心痛。

「嘿嘿～」

「有……有什麼事嗎？」

我對兩人說了一聲「拿著」然後交出放有公都特產糖果的籃子。面對一臉茫然地接過的兩人，我又在她們的嘴邊遞出附有細棍子的糖藝品。

察覺我意圖的亞里沙，一副不情不願的模樣大口含住糖果。

至於雅潔小姐好像不太明白，微微臉紅猶豫著但仍含住了糖果。實在是有點嫵媚的表情。

「為了避免羽妖精們過來打擾，幫忙把糖果發給他們吧。」

我對亞里沙這麼吩咐後，雅潔小姐似乎終於了解了我的意圖。

啊，請不要露出那種「被出賣了！」的表情好嗎。

將籃子吊在手臂的亞里沙牽著淚眼汪汪的雅潔小姐，就這樣在廣場的入口處吸引著羽妖精。

抱歉，亞里沙。拜託妳照顧一下羽妖精和雅潔小姐了。

精靈們的魔法鍋明明裡面很燙，外面卻是人體的體溫。

水沸騰之後就放慢加熱速度並進入去雜質階段。

「主人，志願擔任去除雜質的工作——這麼告知道。」

眼神彷彿綻放精光的娜娜，一手拿著撈雜質用的杓子代替我進行麻煩的作業。

光是娜娜的話人手不夠，所以我也找了莉薩來幫忙。

兩人一絲不苟地撈著雜質。能夠默默地進行那種麻煩作業的，也只有個性認真的莉薩和娜娜這位嗜好者而已了。稍後來慰勞這兩人吧。

「在下也來幫忙吧。」

或許是被莉薩的認真表情激發了興趣，武士精靈西亞先生也加入撈雜質的行列。

明明只是在撈雜質，總覺得卻醞釀出真刀較量時的氣氛。

由於覺得開口吐槽的話就輸了，所以我決定放著他們不管。

那麼，去除雜質並煮熟蔬菜後，就只剩下丟入咖哩粉了。

把煮蔬菜的工作交給妮雅他們。

我決定乘現在來準備配菜。

和露露一起，我們準備了各種用於配菜的炸物。

有各種肉排、蝦子及白肉魚的油炸物，應該很不錯吧。中途我任命露露為老師，讓她找那些棕精靈以及被香味吸引而來的精靈們一起幫忙。

那麼，針對蜜雅和速食主義者，不光是沙拉和蔬菜棒，我也來準備紅椒以及南瓜的炸物好了。

這個階段先處理好食材，油炸則是要稍慢一些。

我先把多餘的薯類切成薄片後油炸成洋芋片，然後將其裝入小籃子裡拿到正在和羽妖精一塊玩雙陸棋的亞里沙那裡。連同放了冰塊的碳酸果汁也一起。

「亞里沙，追加點心了。」

「耶——！是洋芋片！」

「大家要一起分享哦。」

「ＯＫ——！波波、莉莉，叫所有的羽妖精排成一行！現在要來發放勇者母國的美妙點心了。」

「遵命——哦！」

「亞里沙，愛吹牛——」

「不過，味道好香～」

洋芋片似乎也受到羽妖精的好評。

「謝謝你，佐藤。」

被羽妖精玩弄頭髮而傷腦筋的雅潔小姐，用柔弱的笑容對我這麼微笑。

看樣子，我似乎順利解救了她。

我面帶笑容向她揮手，繼續返回調理作業。

「喂——！不要衝向籃子啊——」

後方傳來了亞里沙似乎真正在發飆的吼聲。加油吧，亞里沙。

將這樣的喧囂當作耳邊風，我一邊準備給不能吃辣的人所喝的甜飲料。

除了公共浴場品項當中的咖啡牛奶和果汁牛奶，我還使用了透過妮雅小姐獲得的類似抹茶物體來追加準備抹茶拿鐵。

完成品就用冷藏魔法裝置來冷卻吧。要是再搭配攪拌魔法裝置的話似乎還能做出冰淇淋。

就在食材煮熟之際，我一點一點投入咖哩粉。粉溶解的時候攪拌了好一會，但並沒有黏糊感。是筆記的食譜集搞錯了嗎？

為了簡單增加黏糊度，我追加投入了小麥粉。這次又換成不夠香濃，在投入奶油之後味道就好很多了。

接著就是暫時關火，等待味道滲入蔬菜裡面了。這段期間，我就來依序油炸作為配菜的炸物吧。

「獵物～」

「是大獵物喲！」

「稱讚。」

小玉、波奇和蜜雅三人渾身髒兮兮地跑過來，我於是在進入廣場前阻止她們。

三人的後方緊跟著比西羅托亞老師和擅長打獵的精靈老師們。

一臉得意地跟著的格亞，似乎也幫忙獵到了山鳥。

「辛苦了。」

打獵回來的人們，由負責留守的精靈老師用生活魔法幫忙清洗乾淨。

至於波奇和蜜雅或許是在打獵途中被植物系的魔物抓住，身上都有奇怪的味道，所以我事先用了除臭魔法。看來此行非常辛苦的樣子。

請人解體後的鳥肉由於沒有時間醃漬醬汁或燉煮，所以就作為配菜之用。其中有綠雉和鴨子之類的，看起來真是美味。

鴨子我很想拿來熬湯並做成鴨鍋或烏龍麵，但這次是蒸過之後擺放在沙拉上。

對於打獵歸來的精靈老師們，我則是在宴席預定地的臨時餐桌上供應酒和下酒菜請他們先喝一杯。

小玉和波奇也在精靈老師們那裡獲得了烤雞肉串。可別吃得太多哦？

「嗯。」

蜜雅拿著亞里沙身旁的洋芋片籃子遞到我面前。

當然，裡面是空的。莫非是肚子有點餓想吃洋芋片嗎？

「不行，馬上就要吃飯了。明天再做一些給妳當點心吧。」

「約定。」

面對蜜雅伸出來的小指，我纏上自己的手指彼此打勾勾。

或許是覺得打勾勾很稀奇，被羽妖精埋住的雅潔小姐一直在盯著看。此時就先華麗地忽略吧。

被咖哩的香氣所吸引，精靈們逐漸聚集而來，所以我決定比原訂時間提早一些展開咖哩祭。

沒有什麼多餘的開幕宣言。

我們分工合作發放完成的咖哩飯。有這麼多的人數，感覺就像是在軍營或配給所一樣。

米飯使用的是在歐尤果克公爵領很普遍的長粒種稻米。

其實在探索香料的同時還發現了短粒種的稻米，不過以前在咖哩專門店吃到的米是這種感覺，所以這次就使用了平常的米了。

餅也準備了原味以及加了葡萄乾這兩種，不過日本式的咖哩最初果然還是應該先從正統的米飯開始吧。

「哦～有很多種類呢。」

正如亞里沙所言，這次的咖哩有綠紅黃褐四種。

首先是使用了波菜類葉菜的綠咖哩。

這是我為了讓蜜雅這樣喜歡蔬菜的人吃得盡興所製作的。辣度為普通。

接著釋放滿了紅辣椒的紅咖哩。

這是為了喜歡吃辣的一部分好事之徒所製作。嚐過味道的妮雅小姐和露露都淚眼汪汪，所以似乎辣度很高。其中放滿了切成骰子大小的噴射狼肉。

然後是大膽放入了坦都里烤雞黃色雞肉咖哩。

雖然不如紅色，但也夠辣了。或許是因為異世界的香料緣故，完成後是接近原色的黃色。

最後則是褐色的咖哩。

這是使用了野牛肉的普通日本咖哩。辣度準備了甜味和普通兩種。

起先還擔心褐色咖哩會不會受排斥，但事前一起討論的妮雅小姐卻回答：「這不是跟燉牛肉同樣顏色嗎？」所以發現我只是杞人憂天。

褐色的牛肉咖哩很受女性成員的歡迎。我製作了大量當作配菜的炸物，放在一旁供大家隨意取用。

小菜不光只有福神漬和糖醋蕎頭，更準備了生菜沙拉、燙高麗菜、薯泥、蔬菜棒等各式各樣的種類。

在每人都分到咖哩後，我們在「開動了」的口號下便開始用餐。

啊，久違的咖哩。

「辣辣的好吃～？」

「很辣但是很美味喲。」

我將甜味改良得更適合小孩子吃，不過對小玉和波奇兩人來說似乎一樣覺得辣。

「很辣不過非常美味。」

莉薩，配菜是自由取用，不過也用不著堆滿鯨魚肉唐揚把整盤咖哩都遮住了。

另外，她所選擇的是雞肉咖哩。看來鳥肉是選擇的關鍵。

「這邊的咖哩比較可愛——」這麼建議道。」

娜娜對於加了水煮蛋的超辣紅咖哩和切成兔子形狀的蘋果類水果感到相當滿意。

「嗚嗚，是很美味，不過太辣了吃不下。」

「雅潔，加油。」

我從剛才就在欣賞著大口喝水一邊淚眼汪汪地吃咖哩的雅潔小姐，看來差不多該伸出援手了。

另外，替雅潔小姐加油打氣的蜜雅正在享用綠咖哩。

「雅潔小姐，請嚐嚐這邊的。」

我撤下普通的咖哩，遞出了甜味咖哩給她。

「不會辣！這個我就能吃了。」

「那真是太好了。」

她的咖哩之後就由工作人員津津有味地享用吧。由於好像還有其他會怕辣的人，所以我請棕精靈們幫忙宣傳甜味咖哩的存在。

「如果嘴裡還覺得刺痛的話，請喝這邊的飲料。可以稍微緩和辛辣感哦。」

「謝……謝謝……真美味！甜甜的很好喝。」

看對方似乎還很辣，我便將剛才製作的抹茶拿鐵遞給雅潔小姐。

那兩手捧著杯子咕嚕咕嚕喝東西的模樣真可愛。

我並非被對方的模樣深深吸引住，亞里沙和蜜雅卻不知為何對我呼出「有罪」的口號。

說到這個，都忘記把飲料發給大家了。原本我就打算發給所有的人，不過最初先發給雅潔小姐好像是個錯誤吧。

光是我們幾個獨占也不太好，所以我將剩下的抹茶拿鐵也發放到精靈們的桌上。

「啊，太幸福了。就跟咖哩連鎖店『ＣｏＣｏ貳』一樣好吃。」

「亞里沙，是漢堡排咖哩喲！」

「Very好吃～」

妮雅小姐用剩下的肉幫忙煎了漢堡排。那個人似乎真的很喜歡漢堡排的樣子。

吃著清脆的福神漬當作小菜，我一邊眺望著咖哩餐宴。

一直夢想重現咖哩的諾雅小姐好像非常感動，如今正哭著享用各種咖哩。

「什麼啊，格亞，你居然在吃甜味咖哩嗎？」

「姆，敢吃。」

受到喝醉的精靈挑釁，格亞在吃了辣味咖哩後頓時眼淚直流。

然後又喜孜孜地接過蜜雅遞出的抹茶拿鐵。

不愧是青梅竹馬，感情似乎並不差。與其說是小情侶，感覺更像過度干預的哥哥和討厭別人干涉的叛逆期妹妹吧。

將目光移至他處，我見到為了收集香料而奮鬥的守寶妖精和矮精靈的探索者們。他們好像因為被精靈們圍繞著而感到了緊張。

稍後準備一些咖哩特地給他們帶回去吧。畢竟沒有他們的努力，也就沒有久違的咖哩了。

太陽還未下山，準備了一千份以上的咖哩就全被消耗殆盡，包括配菜在內都全部消失在大家的肚子裡了。

期間好像也誕生了各種類似莉薩發明的「咖哩炸鯨魚排」這類衍生料理。

明明吃了那麼多，卻沒有任何女性拒絕我準備好作為甜點的水果凍。就算再怎麼喜歡的食物終究還是對身體不好，我稍後來調配腸胃藥發給大家好了。

就這樣，咖哩祭落幕了。但沒能參加的精靈們據說出現了抗議聲，所以短期之內咖哩祭似乎要延長舉辦。

由於討厭每天都吃咖哩，我便打算之後就交給幹勁十足的妮雅小姐她們負責。

但願精靈之村不會被染成一片黃色。

◆

「——您說被水母襲擊了！」

「並……並不是我被襲擊了哦。」

雅潔小姐的問題發言讓我不禁亂了方寸。

咖哩祭的隔天，我正在利用黑龍的荊棘和樹人的樹枝來製作魔法發動體時，雅潔小姐和巫女露雅小姐突然來造訪我。

「佐藤先生，您靠得太近了。」

「對……對不起。」

抽搐著臉上笑容的巫女露雅小姐將我和雅潔小姐分開。

還以為雅潔小姐遭到襲擊，心裡急了一下。

「是一大早前往虛空的精靈使當中，有兩人遭到水母襲擊了。」

據巫女露雅小姐所言，同樣的場所裡明明還有擬態精靈和其他的精靈使，卻只有那位精靈使不斷被盯上。

至今都是我方主動攻擊，只要不在水母附近使用魔力就會被對方無視。

「莫非他們有喝過酒嗎？」

「不，預計前往虛空的人，按規定從前一天就必須滴酒不沾。」

「個性認真的那兩人，是絕對不可能違反規定的。」

我起先懷疑水母是被酒精氣味所吸引，但巫女露雅小姐和雅潔小姐兩人卻是對此表示否定。

「況且他們昨天都吃了很多咖哩，差點快要走不動了。」

被襲擊的兩人似乎都參加了咖哩祭。

——難道是……

在這之後我又問了幾項問題，並得出了一項假說。

「有件事情我想要驗證一下——」

和雅潔小姐她們一起抵達虛空瞭望台的我，對自己施展生活魔法「除臭」。

為保險起見，我先在瞭望台的角落設置「歸還轉移」用的刻印版，這才穿上虛空服獨自一人前往水母所在的場所。

『我是佐藤，水母們沒有反應。』

我這麼報告後，接著在虛空服的手掌處取出少量的咖哩粉。

——果然沒錯嗎！

水母以猛烈的速度將觸手伸過來。

明明沒有空氣，牠們是如何察覺味道的？

話說回來，這比貝里烏南氏族製作的酒精成分誘因魔法藥所造成的反應要遠遠更激烈。

就這樣與對方交手也無法，不過我擔心會造成失控狀態，所以就透過「歸還轉移」回到了瞭望台。

「我回來了——」

我將實驗結果告知兩人，然後決定把發現新的誘因物質一事向其他氏族報告。

等待驗證結果出來的期間，我獲得了魔法道具工房的基亞先生和鍊成工房的艾雅女士協助，開發出咖哩味噴霧裝置，並將設計圖及樣本提供給各氏族。

虛空不僅存在重力，還是個氣球也浮不起來的地方，所以我就沿用了托拉札尤亞先生研究當中的虛空機關這項試作品。

當看到試作品未藉助任何噴射類裝置就飛上虛空的模樣，我心中雀躍著那很可能是重力控制裝置，但瀏覽過詳細資料後，得知那跟我的天驅是相同的原理。

似乎是以術理魔法在魔法裝置當中製作出小型落腳處，然後用齒輪咬住爬行上去的樣子。

另外，開發這項裝置時，魔巨人愛好者基亞先生出於惡搞，嘗試製作了以世界樹樹枝素材的虛空活動用「活動人偶」。

「佐藤，成功了！世界樹的電擊避開了人偶。」

「是的，這樣一來危險的場所就不用派人過去，可以改用『活動人偶』了呢。」

和雅潔小姐一起進行實驗之際，我們得到超乎預期的結果。

似乎也有其他精靈想到同樣的事情，這次換成利用「古老樹人」贈送的樹靈珠讓世界樹的新芽變形，製作出以其為基礎的人偶。

用來帶動人偶的驅動部分是另外製作的魔法裝置，但這也動了一番腦筋。

「很笨重呢……果然是因為鉛層太厚了吧？」

「不過，要是少於這樣的厚度就會被水母發現哦。」

最後用魔力難以穿透的鉛來隔離驅動部分，藉此作為水母對策。

這些架構已經先告知過其他的氏族。擁有樹靈珠的氏族很少，不過無論哪個氏族都有好幾個森林魔法的達人所以不成問題。

我也真希望能趕快學會詠唱。

經過這些日子後，貝里烏南氏族的驗證也證實了利用咖哩的香味可以吸引水母，而且又不會使其進入失控狀態。

就這樣，我再次造訪的聖樹會議上——

「那麼，根據以上的表決結果，我們決定實行勇者無名所提議的『咖哩作戰』。」

我對作戰名稱有些異議，但最後還是就這樣被採納了。

名稱果然還是淺顯易懂的最好了。

「本次作戰的前鋒，我們打算交給貢獻度最大的波爾艾南氏族負責。」

所謂的前鋒似乎是很光榮的事情，雅潔小姐輕輕握拳擺出了勝利姿勢。

這樣子的雅潔小姐也很可愛呢。

「我……我們貝里烏南氏族也——」

「這我當然知道。次鋒的任務就交給貝里烏南氏族。」

「那……那就好。」

面對協助研究的貝里烏南氏族所提出的訴求，擔任議長職務的茲瓦卡南氏族高等精靈處理得很漂亮。議長好像具備了像這種分配的選任權。

另外，之所以全部的氏族不同時進行作戰，是為了預防意料外的事態。

「那麼，等全氏族前置階段的塗抹忌避魔法藥結束後的第十天作為行動日。」

所謂塗抹忌避魔法藥是為了讓散布咖哩粉的引導作戰更確實，而在世界樹的樹枝上塗抹忌避魔法藥以限制水母的行動。

「進度可能延宕的氏族記得要提早通報。聖樹會議希望諸位都能竭盡全力。」

在議長這番有些軍人風格的發言之後，會議便結束了。

那麼，來進行剩餘的驅除準備工作，還有為預防萬一的保險措施吧。

驅除害獸

「我是佐藤。事情進行得愈順利就愈覺得不安，這大概是出於程式設計師的自我防衛本能吧？畢竟所謂無法預期的障礙，往往什麼都不做就會自動出現在眼前了。」

「來吧，波爾艾南的孩子們！咖哩作戰即將要開始了！讓我們謹慎、愉快且小心翼翼地進行吧！」

雅潔小姐可愛的聲音迴盪在瞭望台。

最初是類似勇者銀船的「精靈光船」從瞭望台下方寬廣的虛空港中出港了。增設的咖哩粉散布機看起來很醜。

緊接著，多腳魔巨人們在背上載著附帶有大型虛空機關的咖哩粉散布機陸續出發前往虛空。世界樹材質的魔巨人則是前一天已經用光船搬運至預定地點了。

其他世界樹的高等精靈們透過「無限遠話」魔法捎來了賀電般的訊息。

『我是布拉伊南的可潔。勇者無名，祝你作戰成功。』

『我是貝里烏南的莎潔。準備完畢，隨時可以開始哦。』

『我是茲瓦卡南的托札。這邊也準備完畢了。等待波爾艾南的好消息。』

或許是錯覺，貝里烏南氏族高等精靈小姐的聲音似乎有些著急的樣子。

這個貝里烏南氏族和同為喜好研究的布拉伊南氏族之間有些在競爭的味道，實在讓我有點擔心。

身穿科幻動畫中會有的那種特製虛空服的雅潔小姐走了過來。

那身體的曲線變得一覽無遺，真是棒極了。

「佐藤，準備好了嗎？」

「是的，我們走吧。」

我牽起雅潔小姐的手，兩人一起飛進了虛空。由於沒有參加咖哩粉的散布行動，所以我們緩緩地上升至沒有世界樹樹枝的高度。

擁有精靈視技能的人們應該會察覺到我們周圍存在龐大的精靈吧。

本來不應該有精靈的虛空中之所以存在著如此多的精靈，都是多虧了雅潔小姐的空間魔法以及我全開後的精靈光合力促成。

我把在地上集中起來的精靈，透過雅潔小姐的轉移門事先送進了瞭望台。

在地圖上確認全員配置完畢後，我向雅潔小姐打出一個放行手勢。

「開始散布！」

雅潔小姐用精靈魔法創造出的光之擬態精靈散發出耀眼的光輝。

以此作為信號，多腳魔巨人們及光船開始散布咖哩粉。

代表水母的地圖光點僅在一瞬間染為紅色，但隨即轉變成象徵中立的白色。

「佐藤，下方傳來信號了。他們說水母們已經開始動了！」

雅潔小姐一臉激動地搖晃我的肩膀。

我也透過地圖確認了。水母們的確開始在追逐散布機。

完成任務的多腳魔巨人則似乎朝著瞭望台開始返航了。

「那麼，請讓希爾芙們做好引導散布機的準備。」

「知道了！　■■……　■　風精靈創造。」

雅潔小姐詠唱咒語後，彷彿樹精成人版的半透明少女陸續現身。

散布機的虛空機關是拋棄式，所以僅有像氣球一樣不斷往上的機能。

因此，希爾芙們的引導是必要的。

「希爾芙們，把下面見到的散布機引導至這裡，小心別被後面的水母追上哦。」

接受命令的希爾芙們點了點頭，開始朝著散布機飛翔而去。

由於害怕會豎旗所以不敢開口，不過這一切都順利得令人害怕。

「……■■■■　無限牢獄。」

針對被吸引至同一處的水母，雅潔小姐利用空間魔法的牢籠來困住對方。

緊接著再用空間魔法的「次元樁」將其固定在這個位置。由於設定了以世界樹為基準的相對位置，所以不會因為行星的自轉而被拋在後頭。

儘管是設定成不會引發其他水母們失控的最大限度距離，不過由於是從距離這裡較遠的水母先開始引導的，所以已經足夠遠離世界樹了。

這樣一來，就可以靠著精靈們所使用的上級攻擊魔法來一網打盡解決掉了吧。

「成功了呢。」

「是的，接下來只要重複這些步驟就行了。」

受到開心的雅潔小姐影響，我也差點要露出笑容，但仍藉助無表情技能保持正經的表情叮嚀對方。

一連串的作業中所捕獲的水母為一百九十七隻。

完全驅除一萬隻的水母就得重複五十次以上。再加上中途回復魔力的休息時間，看來要長期抗戰了吧。

◆

「啊……啊嗯！佐藤，再溫柔一點。」

雅潔小姐充滿嫵媚的聲音讓我快要喪失理智，但我仍動員所有的理智一邊用術理魔法「魔力轉讓」協助對方回復魔力。

——不好，變得有點亢奮，思考整合不起來。

我在心中背誦著質數，一邊履行身為補給艦的職責。

在瞭望台上的魔力回復，這已經是第七次了。

就在我和雅潔小姐身處於如此幸福的時光之際，巫女露雅小姐出現了。

「佐藤先生，請不要拿雅潔大人拿來玩耍。」

「對不起，露雅小姐。」

見到對方好像真的在生氣，我於是不再調整對雅潔小姐的魔力供給強弱來進行惡作劇。

「多腳魔巨人班準備得如何呢？」

「那邊剛才已經準備完畢了。部分的魔巨人發生故障，不過更換腳部零件後似乎就能解決。不會對作戰產生造成任何延宕。」

關於這方面的修護便利性是我的建議。

生產時的成本固然會稍微上漲，卻可以在沒有熟練技術人員的情況下順利更換零件。

休息完畢後正要站起來之際，格亞突然出現在我們面前。好久沒有看到他了。

「幫忙！」

「不行，太危險了。」

面對整個人猛然靠上來的格亞，雅潔小姐一臉困擾的樣子搖搖頭。

「幫忙！」

「讓他幫忙有什麼關係呢？」

對於被拒絕後仍充滿幹勁的格亞，我嘗試伸出援手。

「佐藤？」

「當然，如果未參加事前訓練的話就不能加入前線哦。不過，你應該可以去幫忙露雅小姐他們的後方支援部隊。」

我向感到意外的格亞說明要幫忙的內容。

「可以戰鬥！」

「抱歉，你訓練不足。」

再怎麼說，把僅有十三級的他帶到虛空裡實在太危險了。

儘管會招致不滿，不過可不能為了討他歡心而使其他精靈們暴露在危險之中。

「而且，工作並非只有前線而已哦？倘若沒有後方的支援部隊，前線的那些人就無法自在地活動了吧？」

「姆？」

大家年輕的時候當然會想從事光鮮亮麗的工作，但否定支援部隊就很不可取了。

就算是公司也並非只靠著開發部門組成。業務自然不用說，更有總務以及會計，一間公司才能運轉起來。

「……知道了。」

格亞猶豫了好一會，最終點頭接受了我的建議。

對方雖然有些莽撞，不過好像也不是個不經大腦的人呢。

「那麼，格亞，跟我來吧。我們目前正缺少物資分類的聯絡員。」

被露雅小姐拉著手，格亞就這樣消失在瞭望台堆積如山的物資另一端。

那麼，我們也回去工作吧。

「我們也動身吧？」

「好的，佐藤。」

我牽著雅潔小姐的手站起來，然後確認剩餘水母的分布狀況。

剩下大約總數的三成。只要再引導十四、五次就結束了。

最容易發生差錯和意外的就是這段期間，所以我透過雅潔小姐以及巫女露雅小姐事先拜託精靈們要「繃緊神經」。

「希爾芙們，要加油哦！」

希爾芙們在雅潔小姐的加油打氣之下前往引導散布機。

「很順利呢～」

倚靠在我背後的雅潔小姐悠哉地這麼喃喃說道。

當我即將沉浸在這種幸福的感覺之中時，視野裡閃現了耀眼的紅光。

——嗯？

「唉呀？是『無限遠話』在呼叫——」

我對雅潔小姐的聲音充耳不聞，帶著不祥的預感逕自打開地圖。

代表水母的光點閃動著紅色及白色，俯瞰整體後可發現紅色的波紋正在蔓延中。

——糟糕。這下鐵定糟透了。

『全員！緊急撤退！』

我用「遠話」這麼告知位在司令部的露雅小姐，然後朝著虛空釋放出代表作戰中止的三連發紅色「煙火」魔法。

世界樹的樹枝開始挾帶紫電。

不知道是哪個環節失敗，但如今要優先讓精靈們避難才行。

多腳魔巨人已經施加了防雷措施，所以短時間內可以承受來自世界樹的電擊。

「佐藤！貝里烏南失敗了！他們好像和我們同時進行了驅除作戰！」

——什麼？

由於水母之間好像是互相連結的，所以為了預防不測，才決定讓波爾艾南氏族先行動。

那些傢伙難道沒有聽進去嗎？

——哦，現在可不能讓憤怒占據全身。

我壓制住狂亂的心，從雅潔小姐附近所謂的安全圈裡跳了出來擔任誘餌。

「佐藤！」

一旦離開雅潔小姐的「風之結界」就聽不到聲音，所以我用「遠話」和她聯繫。

『雅潔小姐請快躲進光船裡！我來吸引那些水母和世界樹的注意力。』

『太亂來了！精靈們只要不動就會沒事的！』

讓雅潔小姐擔心固然非我本願，不過總比有人受傷或死亡來得好。

「你這棵沒用的大樹！到底是樹枝還是樹根，你也講清楚一點！」

我拿出氣勢朝著世界樹砸出「挑釁」技能。

由於沒有空氣所以聲音無法傳導，但我氣勢十足的吶喊似乎傳達給了世界樹。

轟雷從下方的世界樹朝著我延伸而來。

『危險！』

雅潔小姐和我之間顯示在雷達上的距離正在縮短。

——笨蛋！居然想要掩護我嗎！

和之前不同，世界樹的電擊才剛放出。

這樣下去的話雅潔小姐會被牽扯進去的。

在焦躁感所拉長的緩慢時間流動中，我將「理力之手」伸向電擊。

不具備實體的「理力之手」抓住了電擊而未感電。

下一刻——

『佐藤，我在作夢嗎……世界樹的電擊消失了。』

茫然雅潔小姐透過「遠話」傳來聲音。

——呼，趕上了。

百萬千瓦等級的電擊，如今正乖乖地待在我的儲倉裡。

既然能保存氧分子，構成電擊的電子和帶電離子自然沒有不能保存的道理。

以前收納火焰時曾經失敗過，但那是因為我沒有清楚理解火焰的本質，跟這次的例子不同。

『不用擔心，我施加了好幾道電擊對策。雅潔小姐請您趕快與光船會合並回收其他的精靈們。我在擔任誘餌的同時會一邊殲滅水母，完成後就會回去的。』

風之結界將我包裹住。背後傳來雅潔小姐的實際的聲音和體溫。

「你一個人辦不到的！我也一起——」

牽起雅潔小姐的手，我回望著她專注的眼眸。

前來接她的光船從次元的縫隙中出現。

「不用擔心，我會毫髮無傷地回去。」

「——你要保證。」

「是的，我保證。」

就像以前在崩潰的「搖籃」裡和蜜雅做過的一樣，我跟雅潔小姐打勾勾。

然後隔著虛空服親吻，試圖讓看來依然很不安的她放下心來。

匡噹一聲碰撞的虛空服頭盔令人有些惆悵。

「佐……佐藤。」

「所以，請放心地等我回去吧。」

我將紅著臉訝異得瞪圓眼睛的雅潔小姐塞進光船裡，然後獨自轉身躍入虛空中。

那麼，勇者的時間到了——

◆

染紅的水母數量為一萬又六十七隻。有種好像增加過的錯覺，但這種程度僅僅是誤差而已。

況且，被雅潔小姐製作的「無限牢獄」困住的水母就占了大約超過七成。能自由行動的水母只剩下兩千七百六十五隻。

其中的幾十隻正試圖要加害精靈們所搭乘的多腳魔巨人，所以我在遠距離用追蹤氣絕彈進行干擾。

這些水母當中，能夠確保在射擊線上的僅有九百三十三隻。

由於水母用數量眾多的觸手牢牢抓住世界樹，所以要以追蹤彈將其剝離樹木也是無法辦到的。

因為如此，我才會擬定手法迂迴的咖哩作戰——

畢竟一切始終都是建立在「只靠著精靈們」可以排除水母的命題之上。

比我長壽得多的精靈們，在遙遠的未來遭遇到同樣的災害時，我希望他們能在沒有我這種非正規存在的情況下勇於去面對。

看來我或許是有些太雞婆了。

「好，那麼就開始吧——」

我從大型妖精背包裡取出虛空專用魔巨人。

這些傢伙是以我的「信號」魔法，僅進行噴射和雙軸旋轉等單純行動的樣品。

因此生產成本也很低，非常堅固。

為了本次的用途更是以橡膠覆蓋了大部分，使其變得更堅固。

「喝——」

為了對虛空專用魔巨人提供初始加速度，我靠著天驅的落腳處用手將它們拋出。

比起普通的加速系統，這樣做比較快。

不知是第幾次的世界樹電擊照亮了其背後的「反射板」，魔巨人們就這樣逐漸消失在虛空的黑暗中。

電擊這一次也直接進入了儲倉。

由於是樹木所以不太清楚，但對方差不多也該明白電擊完全無效了吧。

我從魔法欄連續啟動光魔法「聚光」。

緊接著準備光魔法「光線」，在３Ｄ顯示的地圖上標示出射擊線。

這就像是以前抹殺掉公都上空出現的七條大怪魚托布克澤拉所使用的那種連擊。

不過，我不打算在這裡發射集束雷射。

普通的雷射光是通過附近就會使得世界樹的樹枝折斷，換成集束雷射就更不用說了。

我中斷思考，再度望向地圖。

兩道同心圓將地圖上代表的水母光點圍起來，開始集束。

旁邊顯示出「鎖定」的字樣。其顯示陸續產生連鎖，針對地圖上將近半數的水母設下標記。

然而，有超過半數都躲在遮蔽物後方。

>反射板．一號，配置完畢。

>反射板．四號，配置完畢。

>反射板．十二號，配置完畢。

虛空專用的魔巨人們透過「信號」魔法就定位完畢的報告陸續傳來。

在此同時，至今還未被打上鎖定標記的水母們陸續也冒出了「鎖定」字樣。

為保險起見，我先確認可能蒙受損害的位置上沒有任何精靈。

「好，將軍了——」

我在心中扣下扳機。

——光之洪流填滿了整個虛空。

我所釋放的一百道「光線」在透過「聚光」所創造的鏡片擴散出去之後同時增加其數量。

一百道雷射瞬間倍增，最終化為三千兩百道光線照亮了虛空。

雖然有點多，不過不成問題。

小小的光點為世界樹的枝枒上增添了光彩。

遭雷射貫穿的水母爆開，擴散開來的透明殘骸使得雷射雜亂反射，營造出燦爛的光輝。

另一方面，無法直接射擊的場所裡還留有水母。

這樣下去的話會進入失控模式引發增殖——但只是虛驚一場。

形成細小分枝的雷射當中有幾成在某個地點轉彎了。

經過幾次折射，躲在世界樹陰影處的水母們被虛空專用魔巨人所反射出來的雷射擊穿了。

沒錯，我模仿了亞里沙在溪流那裡做過類似動畫裡的招式。

能夠將我的集束雷射反射的素材最終遍尋不著，所以退而求其次準備了可以把擴散後降低威力的雷射反射出去的素材。

就這樣，陰魂不散地附著在世界樹上面的紅色光點，全部就像用布擦過一樣消失了。

『佐藤！牢籠！』

光船的雅潔小姐傳來悲痛的呼喊。

我望向後方頭頂處，發現水母們正準備從「無限牢籠」裡爬出去。

同伴被大量消滅後，水母們的眼睛燃燒著憤怒的紅色。

其數量是剛才殲滅的水母一倍以上。

『快逃，佐藤！』

雅潔小姐竭力的呼喊聲讓我胸口發疼。

——不用擔心哦。

因為，我剛才已經宣布將軍了。

虛空中綻開殘忍的花朵——

那是「爆裂」。

在中級的爆裂魔法當中，是威力最強的攻擊魔法。

無聲的虛空裡，振動透過乙太傳遞而來。

在沒有必要顧及周遭損害的虛空中，我也就沒有客氣的必要了。

面對少數存活下來的水母，我再度啟動「光線」將牠們燒光。

「好，這樣一來就作戰結束了。」

為了不讓水母的殘骸成為虛空垃圾，我伸出「理力之手」進行回收，同時呼出一口氣來。

——察覺危機有反應。

進行掃蕩戰的我，腦中閃過不祥的預感。

是世界樹的方向——

「——這……這是。」

瞭望台下方的樹幹裂開，從中生出巨大的水母觸手。

「居然有水母潛伏在世界樹裡面嗎！」

觸手伸向瞭望台。

——糟糕！

瞭望台上有許多沒有穿上虛空服的精靈們。

此時不能擊出「光線」，更不用說是「爆裂」了。

而且距離也太遙遠，普通的魔法無法抵達。

我利用天驅和縮地進行移動，但還是太遠了。

水母的粗大觸手砸在瞭望台的圓頂上，幾名精靈連同碎裂的黏膜壁一併被拋入了虛空。

精靈的臉龐我很眼熟——是蜜雅母親和格亞。

我以彷彿要踩碎天驅落腳處的勁道用力踏出。

——絕——對——要——趕上啊————！

彷彿時間減緩的焦躁感讓我心急如焚。

這種感覺就和準備營救快要被當成活祭品的賽拉她們當時很接近。

沒錯，那個時候——

Ｖ獲得技能「閃驅」。

繼一種彷彿拼圖塊在腦中契合起來的感覺後，下一刻我便出現在觸手的面前。

察覺對方正要再次重擊瞭望台的圓頂，我瞬間扭動身體繃緊拳頭，一拳砸向了高樓大廈般的觸手。

目光追逐著斷成片片的觸手飛向樹幹的景象，我一邊伸出「理力之手」將蜜雅母親和格亞送回瞭望台。

「竟然可以躲過我的地圖搜尋，挺有一套的嘛。」

我對水母的觸手這麼喃喃說道，同時開啟了剛學會的「閃驅」技能。

這種技能似乎是天驅和縮地的複合高階技能。

其他場所也跑出了好幾根水母的觸手。

牠們究竟是怎麼躲過我的地圖搜尋呢？

這時候，無數的念頭在我腦中如走馬燈閃過——

和破掉的卵不同數量的幼生體。

神祕的汙染樹汁。

一旦在水母的附近去除掉汙染樹汁的阻塞，就會出現和破壞卵相同的反應。

——原來如此，答案早就存在了。

我將閃現的念頭轉變為言語。

從卵孵化出來的水母似乎具有獨特的生態，會先潛伏在樹汁裡面，經過汙染樹汁阻塞這種化蛹狀態之後才會變化為幼生體。

所以我剛才將水母一同清除後，導致世界樹中以汙染樹汁面貌潛伏的這些傢伙也一起成長並融合為一隻巨大化的水母。

如今在樹幹上流淌的樹汁裡，就可看見牠們變化為小水母的情景。

——那麼，既然知道實體為何，就趕快來驅除吧。

對付害獸不需留情。

我將那些只會誘發世界樹電擊和觸手物理攻擊的水母，利用手指延伸出的長魔刃飛快地解體然後回收至儲倉。

樹幹上開出的大洞裡，開始噴出世界樹的樹汁。

我將噴出的樹汁暫時回收至儲倉，一邊用「液體操作」魔法阻止其繼續流出。

最後從噴出口鑽入世界樹內部，用中級水魔法「治癒：水」堵住洞口後便大功告成。

雖然導致自己被關在裡面，不過接下來我準備繞遍樹汁的輸送管從內部消滅變化後的水母，所以沒有問題。

在消滅水母的同時，我將未變化的「被汙染的樹汁」連同屍體一起收進儲倉裡。

汙染範圍的外側也整個挖掉好了。

畢竟這種類似傳染病的東西，往往會潛伏在奇怪的場所呢。

◆

「佐藤的反應消失了。」

「那真是糟糕呢。」

我向整個人跌坐在瞭望台地面的雅潔小姐這麼出聲。

「討厭！露雅妳太過分了！佐藤可是拯救了世界樹哦！為什麼……為什麼要這樣說他

呢？」

將我的發言誤認為是露雅小姐開口的雅潔小姐，很罕見地挾帶怒氣這麼吼叫。

雅潔小姐生氣的表情也很迷人呢。

我在雅潔小姐的面前展示自己毫髮無傷的模樣。當然虛空服就直接放入儲倉了。感動的重逢可不需要殺風景的裝備。

「我回來了，雅潔小姐。」

那種茫然的表情也很棒。

由於最終潛入了世界樹樹幹的深處，用普通方式回去的話太過麻煩，所以我就用「歸還轉移」魔法回來了。

連帶好像也甩開了雅潔小姐的追蹤，使得她替我操心。

當時感覺到有人在看我，我想她大概是使用「眺望」魔法在追蹤的吧。

「歡迎回來。」

雅潔小姐錯愕地喃喃說道。

「歡迎回來。」

為何要說兩遍？

「歡迎你回來，佐藤。」

我抱住了向我的脖子摟過來的雅潔小姐。要是被亞里沙她們看到的話大概又會被罵「有罪」了。

「我回來了，雅潔小姐。」

我這麼回答，然後愛憐地撫摸著啜泣的高等精靈大人的頭髮。

告白

「我是佐藤。雖然我經常被年紀小的女孩子所喜愛，不過向年紀大的對象告白卻從來沒有成功過。以前交往過的女朋友也都是同年齡。我想自己大概是出生於被大姊姊所討厭的星辰之下吧。」

「我回來了……」

「歡迎回來。有沒有受傷？來，把外套脫下來，先躺在這裡吧。」

我將外套交給出來迎接我的亞里沙，照她所說整個人撲進了客廳的沙發裡。

與雅潔小姐令人感動的重逢之後，我為了消滅其他氏族的水母而利用閃驅繞行了行星一周。

總計打倒了七萬隻以上，但我的等級仍是三百一十級。

經驗值計量表多少增加了一些，但這一次只讓計量表的百分之五產生變化而已。

而且，水母所屬的「怪生物」目錄比起「魔物」獲得的經驗值似乎還要少，換算大約兩千隻水母才等於一條大怪魚。

畢竟水母的屍體裡面沒有魔核呢。

無論是哪個氏族，高等精靈們都召喚出強大的擬態精靈與水母進行戰鬥。

倘若不在意世界樹及精靈的損害，就算沒有我，幾乎所有的氏族都能夠排除掉水母。

貝里烏南氏族散發閃閃金光的迦樓羅以及比羅亞南氏族挾帶熊熊火焰的伊夫利特在我腦中繚繞著，我一邊進入了夢鄉。

唉，活生生一個人繞遍行星一周真是累死了。

「準備妥當了嗎？」

「是的，總覺得很難為情呢。」

在巫女露雅小姐的呼喚之下，我坐進了遊行用的轎子裡。

消滅水母的五天之後，我在精靈們慶祝水母消滅的祭典中被邀請為主賓。

儘管我堅持拒絕上街遊行，但最終輸給了雅潔小姐的請求攻擊，所以才會出現在這種場所。

「勇者——大人——準備抬起——轎子了——」

「嗯嗯，麻煩你們了。」

負責抬轎的是青黑色皮膚，小巨人一般身材的洞穴巨人。

雖然比不上森林巨人，但一樣使用拉長音的說話方式。

「帥氣～？」

「非常帥氣喲！」

「太氣派了，主人。」

「主人，非常出色——」這麼稱讚道。希望有一樣的鎧甲。」

我向頂著發亮的雙眼看著我的裝扮的獸娘們和娜娜揮手。

今天的服裝據說是勇者大人流傳下來的藍色鎧甲。

若不換上勇者的稱號就只是普通的沉重鎧甲，一旦套用勇者稱號後就會自動根據我的體型變形，簡直就上沒穿上一樣輕巧。

「比起鎧甲，主人果然還是穿白衣比較好看呢。」

「是嗎——主人穿圍裙的模樣也相當可愛哦？」

我對亞里沙和露露有些離題的對話投以苦笑，將目光轉到廣場上聚集的人們。

今天似乎是整個波爾艾南的精靈們都集中到這裡了。但再怎麼說也不可能包含在睡眠槽的精靈。

除了棕精靈們和羽妖精這些老面孔，守寶妖精、矮精靈、希爾奇、洞穴巨人等妖精族以及在波爾艾南之森外圍存在有隱村的各類獸人族長們也列席其中。大概因為是祭典，每個人都盛裝打扮。

正在遊行的我，頭頂上有許多羽妖精灑著花瓣飛來飛去。

「佐藤！」

我回頭望向人群中的呼喚聲，赫然見到格亞跑在轎子的旁邊。

「感謝救助！」

看樣子，他是來感謝我虛空瞭望台的那件事情。

「認同！」

什麼東西？

我不解地傾頭，卻是被格亞用久違的看待傻瓜般目光向上望來。

所以說，單一詞彙我根本聽不懂啊。

「蜜雅，婚約，承認！」

停下腳步的格亞一句一句地叫了出來。

不不，那只是蜜雅自己的說法，根本就是空穴來風啊。

說著，我想要澄清誤會，但他已經消失在人群的彼端。以後找機會澄清一下好了。

不久，我可以看見站在中央壇上的雅潔小姐。

她今天並非巫女服，而是身穿讓人不禁要稱呼「妖精女王」的高領豪華禮服。

這種表情端莊的雅潔小姐也很不錯呢。稍後來拍個合照好了。

「波爾艾南的孩子們，請聽我說。之前一直對各位保密，其實如同我們母親般的世界樹曾經因為名為邪海月的怪生物而陷入了危機當中。不過，在前些日子終於順利消滅了對方——」

雅潔小姐用通透的聲音向會場聚集的人們報告水母的事情。

或許是事前擬定好了說稿，雅潔小姐的語氣和平時不同。

「——所以，他正是拯救了世界樹的人族勇者無名！請各位給予感謝的掌聲！」

雅潔小姐凜然的側臉令我著迷的期間，對我的介紹也結束了。稍遲了一些，我才向鼓掌的人們揮手。

掌聲停止時，舞台上出現了七道光柱。

「咦……咦咦咦？」

從雅潔小姐不知所措的反應來看，應該是在意料之外吧。

不久，出現在那裡的是聖樹會議上曾經見過的其他氏族的高等精靈們。

而且這次並非影像，似乎是實體。

「不會吧！聖樹大人們竟然會離開自己的世界樹……」

順風耳技能捕捉到巫女露雅小姐的喃喃自語。

看樣子，這對於長壽的精靈們來說也是很罕見的例子。

不知不覺中，喧囂的廣場安靜下來，精靈以外的許多種族都跪拜下來。至於精靈們雖然沒有跪拜，卻也一臉緊張地打直身子。

「對不起，雅潔。我為大家未經預告就來訪一事深表歉意。」

大概是代表了其他的高等精靈們，巴雷歐南氏族的露潔女士用充滿威嚴的口吻向雅潔小姐致歉。

聖樹會議當中也有男性高等精靈，但今天只來了女性。

「為……為什麼呢？」

「對於不僅拯救了波爾艾南，而是所有八棵世界樹的勇者無名，光是雅潔妳一人給予祝福的話想必還不夠吧。」

「打破慣例固然讓我們心中過意不去，但波爾艾南之外都可以託付給他人留守，於是我們就來到此地了。」

高等精靈們紛紛回答雅潔小姐問題。

「勇者無名，我們比羅亞南氏族將認同你這位恩人為朋友。歡迎你隨時來訪。我非常期待你的焰術和比羅亞南的祕技相互較量那一天。」

長得很向雅潔小姐的紅頭髮高等精靈大人用熱血般的猙獰笑容與我握手。

「勇者無名，我們布拉伊南氏族也認同你這位恩人為朋友。比起你的力量，我們更看重你的智慧。歡迎你將來能夠造訪。屆時再一起進行研究吧。」

頭髮彷彿翡翠一般具有奇特質感的高等精靈大人，用蘊含智慧的沉著笑容將纖手放在我的手上。

其他高等精靈們也同樣說著感謝之言並疊上自己的手。

最後——

「勇者無名！感謝你解決了我們貝里烏氏族造成的疏忽！凡是勇者無名有所求，我們貝里烏南發誓一定會傾全族之力提供協助。無論什麼要求都無所謂。歡迎你隨時提出。」

水色頭髮周圍飄浮著水滴的貝里烏氏族高等精靈則是流著滂沱的眼淚一邊以雙手握住我的手。

「「「我們聖樹會議承認勇者無名為第九柱的聖樹。」」」

——啊？

「「「賜予祝福。」」」

除雅潔小姐的七名高等精靈這麼唱和，並依序對隔著面具的額頭給予祝福之吻。

總覺得有點難為情呢。

∨獲得稱號「賢者」。
∨獲得稱號「聖樹」。
∨獲得稱號「精靈的恩人」。
∨獲得稱號「高等精靈之友」。
∨獲得稱號「高等精靈的恩人」。

奇怪？所謂的聖樹不是高等精靈大人的職稱或暱稱嗎？
「「「啊——————！」」」
雅潔小姐和會場裡的亞里沙及露露發出了尖叫。
不知為何，雅潔小姐淚眼汪汪樣子。
「……聖樹大人們給予了誓約之吻？」
見到高等精靈大人們的行動，精靈們也愣住了。
之前說過親吻額頭是很神聖的行為，換成高等精靈對人族親吻的話大概就是令人無比錯愕的稀奇事了。
「怎麼了，雅潔。妳不賜予祝福嗎？」
「嗚……嗚嗚嗚……我做不到。」

面對比羅亞南氏族高等精靈的問題，雅潔小姐紅著臉搖搖頭。

我很想讓雅潔小姐親吻，但卻被拒絕了。實在有點可惜。

「勇者無名，這是我們提供的謝禮。希望你能收下。」

高等精靈們紛紛從空間魔法「萬納庫」當中取出巨大的藍色結晶柱。

根據ＡＲ顯示，這種每根有一噸重的結晶柱就是聖樹石。

「無論是用在何種用途，我們一概不會干涉。期待你的決定了。」

原來如此，她們似乎希望我代為解決波爾艾南氏族聖樹石不足的問題。

之所以沒有直接交給本人，大概存在著什麼我不了解的理由吧。

「別了，勇者無名。」

「下次再見了！」

說畢，高等精靈就和出現時一樣消失在光柱之中。

說到這個，我好像還沒告訴她們自己叫佐藤吧？

哪天到她們的世界樹去玩的時候再展露出真面目，告訴她們我在這個世界的通名好了。

我不經意回頭，只見雅潔小姐正在偷偷打量我這邊。

「雅潔小姐，有了這個就能將波爾艾南的光船恢復至原先數量對吧。」

「咦？這不是要給佐藤你的東西嗎？」

我以為她是想要聖樹石的結晶柱而開不了口才會偷窺，看來並不是這個樣子。

「我一個人根本用不完哦。待重建光船並修復世界樹之後，剩下的再給我就很夠了。」

反正我還有大量的蒼幣，幾乎沒有什麼必須要用到聖樹石的用途。

「畢竟我在波爾艾南承蒙大家毫不保留地傳授了各式各樣的知識，請讓我至少用這種方式償還這份恩情。」

「佐藤。」

雅潔小姐呼喚我的名字，一副感動萬分的樣子抱住了我。

遠遠可以聽到亞里沙和蜜雅說出「有罪」的微弱聲音。

在視野邊緣，我見到長老精靈之一向樂團使了個眼色。長老好像要代替雅潔小姐來主持祭典的樣子。

「不知不覺中，竟然連其他氏族的高等精靈也勾引到手了。」

「負心漢。」

亞里沙和蜜雅兩人固定住我的手臂這麼抗議道。

在祭典中擺出可麗餅攤車的露露也有些不高興。

至於幫忙露露的娜娜和擺出烤肉攤車的獸娘們還是老樣子，正開心地與波爾艾南的居民們融洽交流著。

這個森林裡的人們不僅種族不同，對亞里沙的紫色頭髮及露露的容貌也沒有任何忌諱的樣子。

世界觀光之旅結束後，在這座森林裡落腳定居或許也不錯呢。

「雅潔小姐，怎麼了嗎？」

我向從剛才就在一直偷看這邊的雅潔小姐這麼發問。

總覺得對方就像個希望心儀的異性察覺到自己心意的青春期女孩一樣，讓人心中變得更加期待了。

雖然這恐怕是我想得太多所導致的誤解，不過男人總是對這種意有所指的態度毫無抵抗力呢。

「佐……佐藤，你跟我一起過來。」

雅潔小姐牽起我的手，整個人猛然站起。

好像慌慌張張的樣子。

「好的，您不嫌棄的話──」

點頭同意後站了起來，衣袖卻被人用力拉住。

目光望去，亞里沙和蜜雅正拉著我的袖子。兩人的臉上彷彿寫著「不要去」。

「我很快就回來哦。」

將兩人的手指從袖子移開，我微笑著這麼告知。

我牽著雅潔小姐的手，透過她的轉移往世界樹移動。

「這莫非……該不會是……」

轉移地點是位於世界樹最內部的雅潔小姐私人房間。

隔著牆壁可以聽到水聲。

我的腦中浮現出雅潔小姐淋浴時的裸身。

然後下意識用生活魔法的「柔洗淨」和「乾燥」來清洗身體。

「久等了。佐藤你也要淋浴嗎？」

水聲停止，裸身圍著浴袍的雅潔小姐從浴室裡出來。

「咦，不，我用生活魔法清洗完畢了。」

「……是嗎。那就好。」

看似有些妖豔的雅潔小姐拉著我的手前往昏暗的隔壁房間。

「這……這裡是？」

淡色光輝飛舞的房間出乎我的預期。

「這裡是高等精靈的記憶庫。佐藤你可是第一個進入這裡的人族哦。」

雖然很榮幸，但莫名覺得不太高興。

抱持著邪惡想法是我自己不對，可是這也太讓人沮喪了。

『■　連接記憶庫。』

雅潔小姐脫下浴袍喃喃說出口令後，藍光便將她籠罩。

神祕的光之亂舞結束，雅潔小姐緩緩睜開眼睛。

和長老精靈們一樣深邃清澈，不動如山的眼眸。

「佐藤，對不起。平時的我好像讓你過度期待了。」

——平時的我？

莫非是以前看過的名作漫畫裡出現的多重人格？

拋棄老舊的自我，換成全新的自我之類的。

「妳擁有不同於雅潔小姐的另一個自我嗎？」

「不，我就是我。儘管現在的我正連接著世界樹的記憶庫，但我的自我只有一個哦。」

平時的雅潔小姐好像擁有最近幾百年來的記憶，除此之外就只剩其他古老的經驗和記憶的索引而已。

不過，總覺得語氣和平時的雅潔小姐不同。

「我們也會和時間一起產生變化。一旦連上所有的記憶後似乎就會受到古老記憶的影響，例如用字遣詞變得客氣或是態度更為從容之類的。」

若說這樣的雅潔小姐是亞神的話我應該會相信。就稱呼這位雅潔小姐叫亞神雅潔小姐好了。

亞神雅潔小姐微笑道：「說得也是呢。」

「您莫非可以看透人心嗎？」

「是的，一點點。因為身處在這裡的人，表層意識都是相連的——若是你腦中化為言語的事情，我隱約都能得知。」

原來如此，那麼得避免去思考色色的事情才行。

「你能這麼做就太好了。畢竟雖然活了漫長的歲月，我還是個沒結過婚的少女呢。」

亞神雅潔小姐喃喃說著平時的雅潔小姐絕對不會說出口的玩笑話。

總覺得就像有兩個雅潔小姐一樣，亂七八糟的呢

「那麼，您找我過來這裡有何要事呢？」

應該不是因為我贈送了許多聖樹石的緣故吧。

聽了我的問題，亞神雅潔小姐挺起裸露的胸膛站直身子。

「說得也是。我有事情想要問你。」

亞神雅潔小姐說到這裡停頓一下，然後向我提出問題：

「佐藤，你究竟是什麼人？」

面對她唐突的質問，我猶豫著該如何回答。

「勇者固然有許多超乎常理之人，但你的程度更勝於此。就算把兩萬年之前舉旗對眾神造反，且被稱為邪神的最強大魔王拿來比較，你也遠遠強大得多——」

原來如此，好像是我在世界樹消滅水母時的行動招致了她的戒心。

由於不希望對方感到害怕，我還是不要透露自己並未使出全力的事實好了。

「——如果說你是神的話還可以理解，但你並不是神對吧？」

我對此點頭，一邊詢問對方的根據為何。

「神或神的使徒是無法鑑定的。能鑑定的就只有扎根於此地並獲得永續性的我們高等精靈或天龍之類的亞神，還有就是妖精族或人族這樣固定壽命之人。」

嗯，看來要是遇到無法鑑定的人物，還是注意一下比較好。

還有，長壽的精靈們似乎也存在著固定的壽命。

「你的異常之處並非只有力量。包括吸收知識的速度也超出常理，就彷彿再重新學習已經知道的事情那樣，只要知其一便可進而知其十。平時的我固然單純覺得喜悅，但在我的漫長記憶或與其他高等精靈的共同資料庫當中，卻找不出一個人像你這樣的。」

那都是因為我異常高超的智力值以及原來世界的知識所致哦。

「當然，我很清楚你無意對我或波爾艾南的孩子們做出任何危害的舉動。不過，身為掌管波爾艾南的聖樹，我卻有必要詢問：『你究竟是什麼人？』」

嗯，這時還是從實招來吧。

「說來話長。我是來自另一個世界，和以前的勇者們相同的地方——」

我全盤托出。

包括未透露給亞里沙她們知道的「打倒了龍神」一事也毫不隱瞞。

畢竟擁有一億年智慧的她，說不定會知道我被召喚到這個世界的理由。況且在表層意識能夠被讀取的情況之下，要是隱瞞的話，我害怕她會產生不必要的疑惑及不信任感。

「——龍神大人？」

「是的，聽來或許很像藉口，不過當時我完全不知道流星雨的威力，以及龍神就在大批蜥蜴人後方的事實。」

「我並不是在責備你。龍向來都讚賞勇於挑戰自己，並且能夠給予傷害的強者。我想龍神大人應該也只會欣賞，而不是憎恨你這個殺了牠的人。」

我的腦中閃過黑龍赫伊隆這個戰鬥狂的身影。

龍的基本思考模式大概就跟黑龍赫伊隆是一樣的吧。

「況且，不滅的龍神大人即使死亡，不到百年的時間裡就會連同肉體一併復活。待神龍大人復活後，其他眷族們想必也能因神龍大人的神力而復活吧。」

不愧是最強之神，奇蹟之力也非常離譜。

「話雖如此，神龍大人的個性很不服輸，應該會再次挑戰佐藤你才對。」

呃，真的假的……偷襲還好說，面對準備萬全的龍神實在沒有打贏的把握。

「那最好趕在我的壽命結束之前呢。」

明知徒勞無功，我仍用無表情技能掩飾表情，對亞神雅潔小姐說出漂亮話。

她只是面帶柔和的微笑接受了我的虛張聲勢。

「我不知道佐藤你為何會轉移至這個世界。不過，既然擁有特殊技能，我想可能是獲得了某位神祇的庇佑。我沒有方法可以判別是哪位神祇在庇佑你，所以是否有任何神祇與你接觸過呢？」

聽了這句話，那種閃現回憶的現象在我腦中掠過。

那些各種髮色的女孩子，其形象說不定就是將我召喚至這個世界的神所要給我的訊息。

為了化解稍微沉重的氣氛，我詼諧地講述著從遇見同伴們到消滅鯨魚的故事。

「——觀光嗎……聽起來好像很愉快。」

「如果是雅潔大人的話非常歡迎哦。您願意跟我一起來嗎？」

聽了亞神雅潔小姐夾雜嚮往和落寞的這句發言，我下意識提出了這樣的邀請。

在這種地方，我對她所抱持的淡淡情意和不良意圖應該都無所遁形吧。

「對不起，佐藤。」

拒絕的回答比想像中更刺痛我的胸膛。

「啊，不，您不用道歉哦。」

我表面上掩飾得很好，心底卻有錯綜複雜的感情在翻騰著，眼看就要從口中冒出來。

「佐藤，我是波爾艾南最後的聖樹，職責是照顧世界樹以及波爾艾南的孩子們。所以，我沒有辦法回應你的感情。」

亞神雅潔小姐將我的腦袋抱至胸前。

一股衝動讓我很想就這樣反過來抱住她的纖腰，但還是動員所有意志和理智忍耐住了。

「況且，高等精靈是『無法獲得伴侶之神』的新娘。壽命有限者一旦和我們高等精靈發生關係就會招致神的憤怒。所以，我能做的只有這樣——」

亞神雅潔小姐在我額頭上做了一個輕觸般的吻，然後緩緩鬆開緊抱住我的手臂。

「——佐藤，剛才的事情以及你在這裡談論的祕密將會收進我個人的記憶庫裡。其他的高等精靈無法看見，就連平時的我也無法存取，請你放心吧。」

聽完我的來歷後，亞神雅潔小姐做出這樣的保證。

剛才的吻，好像也不會被平常的雅潔小姐知道。

「差不多該中斷與記憶庫的連線，否則會對身體造成太大的負擔了呢……下次見——這麼說有些奇怪呢。可以的話，還請你用普通的態度來對待平時的我。」

亞神雅潔小姐這麼告知後，籠罩她身體的神祕藍光便消失了。

中斷連線的雅潔小姐對於向我暴露裸身一事感到很難為情，好一會都不肯見我。正如亞神雅潔小姐所說保證的那樣，她並不記得與我之間的對話。

我的戀情固然在告白之前就已經結束，但戀愛就是愈多阻礙就愈令人覺得熱血。

倘若以後找到讓其他高等精靈妥善醒來的方法以及解決神之怒火的方法，我打算要鄭重地向她告白。

在這之前我就朝著朋友以上戀人未滿的地位邁進，不疾不徐地保持接觸吧。

◆

祭典已經過去一個月。

待在波爾艾南之森的每一天都很充實。

把這些日子寫成文章的話，大概可以出一本小說吧——

「佐藤，靜止衛星軌道的監視用魔巨人『稻草人七式』的運用相當順利。我還想把望遠鏡頭的精準度提高一些，不過在這之前——」

「妳太囉唆了，布拉伊南的可潔！水母調查用的深宇宙探查魔巨人已設計完畢。我把設計圖寄過去，你審查一下。」

「真是的，就連貝里烏南的莎潔也在亂插隊嗎。」

水母預警網的建構和為了調查水母大量產生原因的調查部隊準備工作進行得相當順利。原本打算參與到最後階段，不過進行到這個地步後就算沒有我應該也不要緊吧。

目送著融洽開著玩笑的兩氏族高等精靈離去，我開始審查對方傳來的設計書。

「啊，佐藤先生。光船的重建非常順利。半年後就可以把波爾艾南的光船湊齊至原先數量了哦。」

路過的園藝員吉雅小姐告訴我關於光船補充的進度狀況。

「對了對了，基亞說過想要詢問關於佐藤先生製作的同軸反轉式空力機關，稍後請過去找他一下。」

「知道了。今天我準備前往鍊成工房學習神金的鍊成方法，結束後我就會去問問看的。」

「那太好了。畢竟基亞說起話來又臭又長呢。」

由於事先已經有約，我便將其安排在後面。畢竟承蒙了魔法道具工房的基亞先生針對我們用於前往迷宮都市的魔導帆船進行了各種魔改造，可不能怠慢呢。

「主人，萬事俱備──這麼告知道。」
「嗯嗯，知道了，你先冷靜一點。」
見到娜娜在地下研究所的培養槽前方猛然脫下衣服裸露全身，我急忙塞給她大毛巾。
明明面無表情，我卻能感受到她的雀躍心理。
看來一定期待很久了吧。
「佐藤大人，培養液已經填充完畢了。」
「謝謝你，基里爾。要開始了，娜娜。」
「是的，主人！全新的我將更能幫上主人的忙──這麼宣告道。」
我利用「理力之手」舉起幹勁十足的娜娜，從培養槽頂端將其輕輕放入淡綠色的液體中。
這種液體在科幻作品常見到，具有對肺部直接供給氧氣的機能。
我自己嘗試過一次，只有進出的時候會稍微痛苦，待在裡面的期間則相當舒適。
「基里爾，麻煩你打開那個屏風。」

漂浮在培養槽裡的娜娜毫無防備，所以我拜託基里爾先生幫忙遮住她的裸體。

器材的設定已經在前一天完成，於是我這就趕快來對娜娜安裝新的理術。

幾天後強化處理完畢，想必會在精靈老師們的訓練場上技驚眾人吧。

想像著這樣的未來，我一邊把注意力轉回培養槽旁螢幕上所顯示的娜娜生命狀況變化。

儘管設定經過檢查後相當完美，不過要是娜娜有個萬一的話我可不敢想像呢。

「——播種嗎？」

「是的，是樹人們拜託我的。」

結束娜娜的強化之後，雅潔小姐在隔天造訪了樹屋。

雅潔小姐所交給我的是樹人的黃金果實。

「無論孤島或濕地都好，希望你能在水源豐沛且瘴氣稀薄的場所播種。可以的話，最好是選在某個源泉附近。」

若在源泉附近播種，據說果肉就可以自由處置。

除了能成為上級魔法藥的素材，味道似乎還非常美味。

「好的，不嫌棄的話我自然很樂意。」

「謝謝你，佐藤。」

盈盈一笑的雅潔小姐，打開空間魔法「萬納庫」並當場取出近千顆的黃金果實。

「每一處要播種五到十顆左右哦。」

也就是說要尋找百處以上的源泉吧。

「知道了。我會盡自己的微薄之力。」

對於雅潔小姐的請求，我拍拍胸膛做出保證。

說到這個，蜜雅居然罕見地沒有做出「有罪」發言。或許是有預感即將要分開而變得感傷了吧？

反正移動用的帆船和備用的小型飛空艇也已經完成，出發之前的這段時間就盡量拿來跟蜜雅一起玩吧。

「——要去。」

「不行。」

「是啊，不行哦。禁止哦。迷宮很危險，當初跟尤亞和希雅一起前往的孩子們也都沒回來，統統都沒有哦？我不會同意，絕對！」

我過來找蜜雅玩耍，卻在她家的院子裡用順風耳技能捕捉到這樣的爭論。

蜜雅似乎也想一起跟去迷宮，但遭到了父母的反對。

這也難怪……畢竟沒有父母會放心讓女兒前往危險的場所呢。

「佐藤。」

我接住了從大門口衝出來的蜜雅。

然後向憂心地探出臉來的蜜雅父母打個招呼，當天先由我照顧蜜雅。

「……我想一起去。」

「妳的父母會擔心哦。在她們認同妳為成人之前不可以太任性。」

她可能會反駁這是大人的意見，不過在受父母保護的期間最好還是不要太任性。

要自由地生活，起碼等到心理和經濟上都能獨當一面再說。

「嗯，知道了。」

比想像中聽話的蜜雅這麼喃喃說道。

沒有任何掙扎和苦澀。恐怕蜜雅心中早已經有答案了吧。

從隔天開始一直到出發日，我們從早到晚都在盡情地玩樂。

我們到處造訪各個地方，簡直可說波爾艾南之森就像自家的院子一樣。

帶著一直悶在室內而鬧彆扭的馬匹及走龍們奔馳於大草原上一邊獵鹿，真是開心極了。

當我們前往欣賞成群的獨角獸時，還發生了蜜雅騎乘的無角獸愛上群體中的雌獸而配成了一對的事件。

就這樣，愉快的精靈之村時光終於宣告結束——

「海風很舒服呢。那就是我們的船？」

「是啊，亞里沙。」

按住隨風飄逸的頭髮，亞里沙仰望著繫在棧橋旁的帆船。

這裡是波爾艾南之森外圍的鰭人族港口。

為我們送行的精靈們已經在樹屋前的廣場道別，所以如今在這裡的只有同伴們、蜜雅一家人以及雅潔小姐她們。

「有點怪怪的喲。」

「奇怪的味道～？」

大概是第一次聞到海水的腥味，波奇和小玉摀住鼻子。

亞里沙告訴她們，這就是海潮的味道。這一帶的氣溫似乎很高，真想讓她們體驗一次海水浴。

抱著大行李的莉薩和娜娜登上船的舷梯。露露則是在甲板作業中。

蜜雅腳步蹣跚地往我這裡走來。

「那麼，蜜雅，要跟父母好好相處哦。」

「嗯，佐藤。」

蜜雅用兩手撥開蓋住額頭的頭髮，向我施加一種親吻這裡的壓力。

之前說過親吻額頭是很神聖的，莫非這是約定將來重逢之吻嗎？

作為餞別，只是親吻額頭的話應該沒關係吧。

我做了一個若即若離的親吻動作。

「唉呀，蜜雅真有一套。足智多謀哦。」

「姆姆，同意。」

蜜雅面帶贏家般的笑容，向身後的父母比出了勝利的手勢。

「同行。」

啊？

「同行！」

這麼重複兩遍後，蜜雅久違地講了一大串話：

「希嘉王國的佐藤，你接受了婚約的儀式讓我很開心。蜜薩娜莉雅．波爾艾南發誓將成為你的一隻翅膀，直到死亡將你帶走為止。」

莫非我被設計了？

「唉呀，太好了，真是太好了。佐藤先生，蜜雅請你多多指教了。拜託了哦。」

「保護。」

我好像做了一件有點糟糕的事情。

據蜜雅母親透露，所謂「親吻額頭是神聖行為」其實包含了各種不同的含義。

特別是三等親以上的未婚男女親吻額頭，先親吻的一方代表提出婚約，而接受的一方再親吻對方的額頭之後就象徵已經同意結婚了。

難怪蜜雅會一直說我是「未婚夫」。

我向蜜雅的父母解釋自己不知道這種習俗並獲得了他們的理解，但蜜雅卻彷彿明知故犯一般塞住耳朵不斷搖頭道「聽不見」。

蜜雅甩到我身上的雙馬尾實在有點痛。

——奇怪？

這麼一來，我豈不是向初次見面的雅潔小姐提出婚約了嗎？

最初以為那是她情緒不穩定的反應，如今終於有些理解了。

真要是這樣，亞神雅潔小姐會親吻我的額頭就是——

我轉頭望向雅潔小姐，見到她看似很無趣地鼓起臉頰別過臉去的模樣。

我藉助無表情技能克制住不禁要發笑的臉頰。

為保險起見，啟航前我又向蜜雅的父母確認，結果好像是「彼此親吻額頭」的人在波爾艾南會被視為已經成年，所以他們表示將尊重蜜雅的意志。

「知道了。我會負起責任照顧好蜜雅的。」

「是的，我相信你。非常信任哦！」

「嗯，交給你。」

聽了我的話，蜜雅的父母握著我的手這麼點頭。

「拉亞，莉雅。」

蜜雅呼喚父母的名字並擁抱兩人。

我拉開距離以避免打擾蜜雅一家人的離別，然後走向了雅潔小姐。

「那麼，就在這裡道別了。我們會再過來玩的。」

「隨時都可以回來。波爾艾南氏族無時無刻都歡迎你們的到來。」

我和雅潔小姐握手彼此道別。

「佐藤先生——」

巫女露雅小姐抱住我的脖子顯得很依依不捨。

奇怪，我並沒有跟她感情那麼親密才是。

我的疑問立刻就獲得解釋了。

「謝謝您沒有帶走雅潔大人。雅潔大人是我們效忠的最後一位聖樹大人——也是我們心靈的支柱……」

巫女露雅小姐用沙啞的哭腔在我耳邊低語。

這句話想必只有我聽得到。

……原來如此，我跟雅潔小姐氣氛不錯時必定會跑出來潑冷水，原來是因為擔心這種事情嗎。

「歡迎隨時再來玩哦。樹屋會每天打理，方便大家隨時過來使用的。」

我向眼角浮現淚水的巫女露雅小姐點點頭。

此時眾人依舊離情依依，但蜜雅已經離開父母跑來抱住我的腰部，所以我也藉這個機會坐上船。

更何況，我已經獲得雅潔大人她們的許可，在逗留期間所居住的樹屋裡設置了「歸還轉移」用的刻印板，所以隨時都可以回來。

中繼地點的確保似乎有點傷腦筋，就沿著島嶼或陸地前進好了。

我向送行的人們揮著手，一邊利用「理力之手」展開折疊起來的船帆。然後發動「氣體操作」魔法對著船帆吹風幫助船出港。

「「「佐藤。」」」

轉頭望向聲音來源，已經在樹屋前道別過的精靈們居然也來送行了。

數不清的羽妖精呼喚著娜娜和同伴們的名字，一邊用發光的軌跡繪出「再見」的符號。

……雖然很高興，但大家這麼依依不捨的話，哪天我準備用「歸還轉移」回來時豈不是覺得很尷尬嗎。

我和同伴們一起大動作揮手道別，直到港口的人們完全看不見為止。

「看不見了呢。」

「嗯，再來。」

亞里沙這番略帶旅愁的低語，讓紅著眼睛的蜜雅也跟著小聲說道。

大概是想說隨時都可以再過來玩吧。

「佐藤。」

我抱住「砰」地一聲撲進我懷裡的蜜雅，眺望著大海的彼端。

就這樣，我們結束在波爾艾南之森的長期休養，在滿帆的風引導之下踏出了前往迷宮都市的旅程。

後記

大家好，我是愛七ひろ。

誠摯地感謝各位本次手中拿著《爆肝工程師的異世界狂想曲》第八集！

能夠到進展到目前的集數，都是多虧了有各位讀者的支持。

今後我會更加用心地在作品中營造出有趣熱鬧的氣氛，還請各位繼續給予不變的支持與鼓勵。

那麼，按慣例先從本集的精彩之處說起。

本次的舞台為精靈之村波爾艾南之森。前集將蜜雅帶回故鄉的佐藤等人，在眾多精靈的圍繞之下過著度假般的時光。以上便是重新建構後的故事內容。

最初的兩章沿襲了網路版的流程，但在這之後就滿載著未公開的新稿。

儘管並非刻意配合發售日的季節，不過故事整體仍以森林中的暑期般休假活動為中心，進一步追加了像是精靈們裸露肌膚且充滿霧氣的社交場所、與網路版中未登場的各種妖精族及樹人之間的交流，還有和精靈老師們的結識等橋段。
敬請大家期待佐藤與同伴們和樂融融的暑假生活。

——不過就算我這麼寫，訓練有素的《爆肝》讀者們想必也不會照單全收吧。

有些工作狂傾向的佐藤必定不可能只是單純悠哉地在享受休假。
不管怎麼說，畢竟都來到了遠勝於人族的魔法文明中心。
所以希望各位能細細品味佐藤穿插在與同伴們和平日常生活當中的社畜活動。

當然，整集並非只有日常生活和研究而已。
這次還追加了一點……沒錯，少許戀愛風格的精華。
之前名字偶爾會提到的新女主角如今終於正式登場，挾帶年長的魅力將佐藤迷得神魂顛倒——這點是否真能辦到，我就不在此詳述以免破壞各位的閱讀樂趣了。
至於看過網路版的讀者，佐藤與新女主角的交流階段及最後的那一幕都和網路版一樣，所以我有信心能讓各位懷著雀躍的心情看到最後。敬請拭目以待。

那麼，這就進入例行的答謝時間。

多虧了總編輯H先生與編輯K兩人的指正及改稿建議，使得場面的臨場感和魅力都獲得了提升。今後麻煩請繼續給予指導及鞭策。

另外，每次用精彩插畫賦予《爆肝》世界鮮豔色彩以營造氣氛的Ｓｈｒｉ老師，無論向您道謝多少次都不夠。特別是本次巫女服打扮的雅伊艾莉潔，其角色設計可說是最為出色的了。

今後也麻煩您繼續在《爆肝》世界的視覺方面給予協助。

然後，要感謝包括角川ＢＯＯＫＳ編輯部的各位在內，所有參與本書的出版、流通及販賣的相關人士。

最後還是老樣子，向所有的讀者們獻上最大的感激之意！！

謝謝各位從頭到尾閱讀完本作品！

那麼，我們在下一集海洋冒險篇再會了！

下一集可是完全的未公開新稿。

愛七ひろ

國家圖書館出版品預行編目(CIP)資料

爆肝工程師的異世界狂想曲 / 愛七ひろ作；蔡長弦譯. -- 初版. -- 臺北市：臺灣角川, 2017.04-
冊；　公分
譯自：デスマーチからはじまる異世界狂想曲
ISBN 978-986-473-601-0(第8冊：平裝)

861.57　　106002822

Kadokawa
Fantastic
Novels

爆肝工程師的異世界狂想曲 8

(原著名：デスマーチからはじまる異世界狂想曲 8)

2017年4月20日 初版第1刷發行
2018年1月12日 初版第2刷發行

作者：愛七ひろ
插畫：shri
譯者：蔡長弦

發行人：成田聖
總監：黃珮君
總編輯：蔡佩芬
編輯：林吟芳
美術設計：李思穎
印務：李明修（主任）、黎宇凡、潘尚琪

發行所：台灣角川股份有限公司
地址：105台北市光復北路11巷44號5樓
電話：(02) 2747-2433
傳真：(02) 2747-2558
網址：http://www.kadokawa.com.tw
劃撥帳戶：台灣角川股份有限公司
劃撥帳號：19487412
法律顧問：寰瀛法律事務所
製版：巨茂科技印刷有限公司
ISBN：978-986-473-601-0
香港代理：香港角川有限公司
地址：香港新界葵涌興芳路223號
新都會廣場第2座17樓 1701-02A室
電話：(852) 3653-2888

DEATH MARCHING TO THE PARALLEL WORLD RHAPSODY Vol.8
©Hiro Ainana, shri 2016
First published in Japan in 2016 by KADOKAWA CORPORATION, Tokyo.
Complex Chinese translation rights arranged with KADOKAWA CORPORATION, Tokyo.